SOCIÉTÉ

DES

BIBLIOPHILES NORMANDS.

N° 52.

—

MINISTÈRE DE L'INSTRUCTION PUBLIQUE.

LES ENTRÉES

DE

ÉLÉONORE D'AUTRICHE

REINE DE FRANCE

ET DU DAUPHIN

FILS DE FRANÇOIS I

DANS LA VILLE DE ROUEN, AU MOIS DE FÉVRIER 1531

(1530 SUIVANT LA SUPPUTATION ACTUELLE).

RÉIMPRIMÉ D'APRÈS UN OPUSCULE RARISSIME DE L'ÉPOQUE

ET ACCOMPAGNÉ DE PRÉLIMINAIRES HISTORIQUES

PAR

ANDRÉ POTTIER.

ROUEN

IMPRIMERIE DE HENRY BOISSEL

—

M.DCCC.LXVI

PRÉLIMINAIRES

HISTORIQUES ET BIBLIOGRAPHIQUES.

———•———

Les entrées solennelles des Rois, des Reines et des Princes souverains dans les principales villes de leur domination constituent, dans la bibliographie de chacune de nos provinces, une spécialité des plus importantes, de même que chacune de ces entrées forme, dans l'histoire particulière des villes, un épisode des plus curieux et des plus caractéristiques. Les provinces et les villes épuisaient, pour de longues années, leurs ressources, afin de faire briller leur population et leur enceinte de tout l'éclat d'une magnificence éphémère et d'une richesse factice, qui ne laissaient après elles qu'une misère réelle, un déficit impossible à combler. En même temps, la typographie et la gravure déployaient à l'envi leur luxe encore dans l'enfance pour perpétuer le souvenir de ces naïves solennités.

Une collection de ces petits livrets, in-4°, in-8°, souvent
décorés de gothiques figures et la plupart aujourd'hui fort
rares, peut passer pour l'un des ornements les plus pré-
cieux du cabinet d'un bibliophile amateur. Tous certainement ne sont pas connus, et l'on en découvre chaque jour
de nouveaux qui ont échappé aux minutieuses investiga-
tions des patients auteurs de la *Bibliothèque historique de la
France*. Toutefois, celui que nous reproduisons aujourd'hui
ne leur a point été absolument inconnu, quoiqu'ils ne
l'aient pas compris dans le corps principal de leur ouvrage ;
on le trouve mentionné dans les suppléments, tome IV,
page 433, sous le numéro 26,182* et sous ce titre : *Les
Entrées de la Reine et de M. le Dauphin, faites à Rouen, en
l'an* 1531. *in-4° gothique*. Godefroy, dont le *Cérémonial
français* renferme tant de documents analogues, n'a fait
aucune mention de cette entrée (1). Cette omission et la
mention après coup de la *Bibliothèque historique* indiquent
que cet opuscule doit être fort rare ; aussi, ne l'avons-nous
jamais vu cité dans les bibliographies et les catalogues
spéciaux antérieurs à la publication du *Bibliographe nor-
mand* de M. E. Frère, qui le premier l'a mentionné et

(1) A la vérité, Joly (*Projet d'un nouveau Cérémonial français;*
Paris, Prault, 1746, in-4°), énumère ces deux entrées de la Reine et
du Dauphin, mais les termes dont il se sert font voir qu'il n'avait pas
vu l'ouvrage et qu'il supposait une simple mention dans les registres
municipaux.

décrit, mais d'après l'exemplaire qui a servi à notre reproduction. Nous n'en connaissons donc aucun autre que ce dernier, qui est inséré, en guise de procès-verbal, dans les Registres des Délibérations municipales de Rouen, numéro A 12, 1528 à 1534, folio 155 *bis*. (*Archives de la ville.*)

Le voyage des princes à Rouen, qui fait le sujet de cette narration, a laissé peu de traces dans l'histoire particulière de cette ville. Farin (1), qui rapporte à sa date l'entrée du Dauphin, ne mentionne ni celle de la Reine Eléonore d'Autriche, ni celle des autres enfants de François Ier, qui l'accompagnaient (2). D'un autre côté, les histoires générales sont à peu près muettes sur cet événement (3), de sorte

(1) T. I, p. 406, de l'édition de 1668.

(2) Un fait qu'il est bien plus extraordinaire encore de voir omis par nos historiens locaux, c'est le séjour du roi François Ier, à Rouen pendant toute la durée de ces fêtes; il est vrai que le Roi arriva sans appareil, en quelque sorte incognito, et qu'il s'effaça autant que possible, pour laisser au Dauphin et à la Reine tout l'honneur de cette manifestation; mais il n'en est pas moins étonnant qu'une relation aussi circonstanciée que celle que nous publions garde un silence absolu sur cet événement.

(3) Nous en exceptons toutefois l'*Histoire du Parlement*, de M. Floquet, dans laquelle (t. I, p. 487 et suiv.), on trouve d'assez longs détails sur la séance à laquelle assista le Dauphin; l'auteur (p. 478), laisse supposer que le Roi serait venu au Parlement, puisqu'il cite un discours qui lui aurait été adressé par le premier président de Marcillac; mais c'était pendant la visite d'une députation au Roi que cette harangue fut prononcée.

que notre mince cahier est aujourd'hui le seul document
authentique qui nous conserve le souvenir de cette splendide solennité, qui dut, en son temps, remuer si activement
la population de notre ville et frapper si vivement les ima-
ginations.

Bien plus, ce n'est pas sans quelque difficulté que nous
sommes parvenu à découvrir le véritable motif de ce voyage
des princes à Rouen, motif que Farin (*loco cit.*) a omis de
faire connaître, de même qu'il a omis de rapporter cet événement à sa véritable date. Il est en effet évident que notre
document, fixant l'entrée de la Reine et des Princes à Rouen
au mois de février 1531, et l'année commençant alors a
Pâques, qui tomba le 9 avril de cette même année, il faut,
pour trouver le mois de février, se reporter à l'année 1532,
qui ne commença, suivant l'ancien style, que le 31 mars.
C'est donc bien positivement au mois de février 1532, suivant notre manière actuelle de supputer les années, qu'eut
lieu cette entrée; et l'on conçoit toute l'importance de cette
rectification, dès qu'il s'agit de mettre cet événement en
concordance avec les autres faits de l'histoire générale,
la date de 1531, donnée par Farin, sans désignation d'ancien ou de nouveau style, pouvant contribuer à laisser con-
sacrer une grave erreur chronologique (1).

(1) Il suffit, pour se convaincre de la nécessité de cette rectification,
presque toujours négligée par les historiens, de suivre attentivement,
jour par jour, des registres journaliers tels que ceux du Parlement ou

Quant au motif du voyage, il est possible de l'induire de
ce que Louis de Brézé, comte de Maulévrier, gouverneur de
Normandie, étant mort au mois de juillet 1531, François
de Valois, fils aîné de François Ier, fut nommé gouverneur
de la province en sa place. Or, comme il était d'usage que
les nouveaux gouverneurs, à leur avénement à cette dignité, fissent une entrée solennelle dans la capitale de la
province, ainsi qu'on peut le voir par une foule d'exemples
rapportés dans l'*Histoire de Rouen*, revue par D. Ignace
(T. I, première partie, pages 83 et suivantes), il est hors
de doute que le Dauphin, en faisant un voyage à Rouen au
commencement de l'année 1532, ne pouvait avoir d'autre
motif que celui de venir prendre possession de son nouveau
gouvernement. La Reine, les Princes du sang, le Chancelier et une foule de seigneurs, en accompagnant le Dauphin, venaient sans doute rehausser de leur présence l'éclat
de son entrée, et prendre leur part des fêtes et des réjouis-
sances de toute espèce qui ne manquaient jamais de signaler
une pareille solennité.

On doit remarquer, comme une circonstance caractéris-

de l'Hôtel-de-Ville. On voit, au mois de décembre 1531, par exemple,
succéder le mois de janvier 1531, et le millésime ne changer que le jour
de Pâques. Il s'ensuit encore ce fait singulier que, dans l'année 1530,
par exemple, il y eut deux mois d'avril, l'un au commencement, l'autre
à la fin; Pâques étant tombé le 17 avril, et l'année, commencée à cette
date, n'ayant fini que le 9 avril de l'année suivante.

tique qui appartient à l'étiquette de cette époque, que la
cérémonie de l'entrée se divise en autant d'actes distincts
qu'il y avait, dans le cortége du prince, de personnes ayant
droit, par leur rang royal ou par leur haute dignité, aux
honneurs d'une entrée particulière. Ce cérémonial, qu'on
remarque dans presque toutes les solennités postérieures
du même genre, et notamment dans la célèbre entrée
triomphale de Henri II à Rouen, en 1550, où l'entrée du
Roi précéda celle de la Reine de quelques jours, fut également mis en pratique à l'occasion des fêtes qui nous oc-
cupent. Ainsi le Chancelier, sans doute à titre de premier
magistrat du royaume, fit son entrée particulière le 26 janvier, dix jours avant le Dauphin, et la Reine ne fit la sienne
que deux jours après ce dernier.

La relation que nous publions, très prolixe sur certains
détails du cérémonial, est d'une brièveté désespérante sur
les causes de ce voyage, sur les circonstances qui le précé-
dèrent ou le suivirent. Bien plus, les faits les plus considérables, tels que la présence du roi, y sont absolument
omis. Ce n'est qu'à l'aide des registres, soit de l'Hôtel-de-
Ville, soit du Parlement, soit du Chapitre métropolitain,
qu'il est possible de rassembler et de grouper la plupart
des détails essentiels qui font défaut.

Notre tâche, dans le travail d'éditeur que nous avons
entrepris, doit donc consister principalement à puiser,
dans les documents locaux contemporains, tout ce qui

peut contribuer à jeter du jour sur l'objet de cette relation.

Il serait hors de propos de rappeler, en y insistant, les
événements politiques ou militaires qui signalèrent, pendant le règne de François Ier, la fin des grandes guerres
d'Italie. On connait l'issue désastreuse de la bataille de
Pavie : la noblesse française décimée ou prisonnière, le roi
en captivité, et la France à deux doigts de sa perte, n'eût
été la courageuse attitude de la nation et des grands corps
de l'Etat. François Ier, transporté en Espagne, vit, après
une année entière de captivité, s'ouvrir les portes de sa
prison; mais il lui fallut consentir à ce que ses deux fils,
l'un âgé de neuf ans et l'autre de huit, vinssent prendre sa
place, à titre d'otages, et la séquestration de ces jeunes
princes dura plus de quatre années. Enfin, le traité de
Cambray ménagé par deux princesses, Louise de Savoie,
duchesse d'Angoulême, mère de François Ier, et Marguerite d'Autriche, tante de Charles-Quint, ce qui le fit qua-
lifier de *Paix des Dames*, stipula la libération des enfants du
roi de France. Mais en même temps, et comme pour servir
de garantie à ce traité, François Ier, veuf depuis 1524 de
Claude de France, fille de Louis XII, dut consentir à faire
asseoir à côté de lui, sur le trône, la propre sœur de
Charles-Quint, Eléonore d'Autriche, veuve d'Emmanuel,
roi de Portugal.

Ce fut aux premiers jours de juillet 1530 que s'accomplit

le dernier acte de cette transaction. Le roi , qui était depuis cinq mois à Bordeaux avec la duchesse d'Angoulême , sa mère , attendant l'arrivée de la princesse sa fiancée et des deux princes ses fils qui l'accompagnaient au retour de leur captivité, se porta au-devant d'eux dès qu'il eut connaissance de leur approche , et les rencontra entre Roquefort de Marsan et Capsjoux , près d'une petite abbaye appelée le Véïen , où fut célébré le mariage royal. De là, la cour se rendit à Bordeaux, puis à Angoulême, et successivement traversa une partie de la France , où partout son passage fut signalé par des fêtes brillantes , préludes du couronnement qui eut lieu à Saint-Denis au commencement de mars 1531, et de l'entrée solennelle à Paris le 15 du même mois.

C'est une année après cet événement que la ville de Rouen fut le théâtre des fêtes dont notre opuscule contient la relation. Nous n'avons que des conjectures à proposer sur les motifs réels de ce voyage de la cour en Normandie, au commencement de l'année 1532. Peut-être était-ce simplement la continuation de cet itinéraire triomphal à travers la France, qu'on faisait suivre à la nouvelle Reine pour la présenter au pays, ainsi qu'il est assez d'usage de le faire à l'avénement des souverains. Peut-être, avec plus de fondement encore, était-ce l'occasion d'installer le Dauphin avec pompe dans sa nouvelle dignité de lieutenant-général et de gouverneur de la province de Normandie , dont son père l'avait récemment pourvu, après le décès du comte de Maulévrier. Peut-être enfin le roi, en s'approchant du littoral maritime, voulait-il apprécier les progrès et fixer les destinées de cette ville : *Francoise du Havre de Grace*, qu'il avait baptisée de son nom et dont dix ans auparavant il avait jeté les fondements

Quoi qu'il en soit de ces diverses suppositions, les motifs sérieux, s'il en existait, se dérobaient au milieu du tumulte des fêtes, et c'est à peine si l'on en saisit quelques traces dans les documents qui vont nous servir de guides.

Le motif principal ou le plus apparent, à notre avis, étant l'installation du Dauphin comme gouverneur de Normandie, nous signalons quelques-unes des circonstances qui concernent ce fait.

L'institution du dauphin, François de Valois, comte de Valentinois, fils aîné de François Ier, comme gouverneur de Normandie, précéda de peu de mois le voyage à Rouen. Les lettres-patentes furent données à Fontainebleau, le 8 août 1531. Ayant ainsi reçu l'investiture, le Dauphin fit immédiatement acte de prérogative; le 21 du même mois, par lettres-patentes, données également à Fontainebleau, il institua, pour son lieutenant-général, l'amiral Philippe Chabot de Brion, et, le 5 novembre suivant, il nomma, en outre, pour son second lieutenant, sous l'amiral de France et en son absence, Claude d'Annebaut, seigneur de Saint-Pierre.

2

L'amiral Chabot prit aussitôt les mesures nécessaires pour faire reconnaître l'autorité du Dauphin et la sienne propre ; quelques jours après la signature de ces dernières lettres, c'est-à-dire le 15 novembre, il était à Rouen, pour requérir, auprès du Parlement, l'enregistrement de ces divers actes de l'autorité souveraine. Après avoir adressé ses pouvoirs au Parlement qui en discuta la teneur et prit la résolution de présenter des observations, après avoir reçu la visite de la Compagnie pendant laquelle ces observations furent discutées, le 17 novembre, l'Amiral, accompagné des évêques de Langres et de Lisieux, et suivi d'un cortége nombreux composé de la plus haute noblesse de la province, se rendit au Palais et notifia les différents pouvoirs dont il était porteur, disant : « qu'il avoit pleu au « Roy le faire commettre, pour monseigneur le Dauphin « lieutenant-général et gouverneur de Normandie, son « lieutenant-général audit pays, qu'il étoit venu et avoit « fait présenter à la Cour le pouvoir de mondit sei- « gneur le Dauphin, pareillement sa commission, soy « offrant à la Compagnie et en général et en particu- « lier. »

Le premier président, François de Marcillac, répondit à l'Amiral par une longue et savante harangue, après laquelle on procéda à l'enregistrement des diverses lettres-patentes, contenant l'institution du Dauphin, la commission de l'amiral Chabot, et celle de l'amiral d'Annebaut.

L'Amiral, toujours accompagné de son nombreux cortége d'évêques, de hauts fonctionnaires et de gentilhommes, se présenta à la cathédrale pour y faire ses dévotions; le Chapitre le fit complimenter par deux de ses dignitaires, le trésorier et l'archidiacre, accompagnés de quatre chanoines, et fit présenter, par le distributeur, à l'Amiral, six gallons de vin et autant de pains; à l'évêque de Clermont, quatre gallons et quatre pains; au général des Finances ainsi qu'à l'évêque de Lisieux, à chacun trois gallons et trois pains.

Nous ne doutons pas que cette proclamation solennelle des pouvoirs du Dauphin ne fût une préparation jugée indispensable pour que celui-ci pût accomplir sa prochaine visite. Toutefois il ne fut pas officiellement question de cette éventualité, dans les communications qui furent faites au Parlement. Mais, à peine un mois s'était-il écoulé que plusieurs informations, reçues coup sur coup, et adressées par l'Amiral aux Conseillers de la ville, et par le roi lui-même au Parlement, annonçaient comme tout-à-fait prochaine la visite de la Cour venant d'Abbeville et arrivant par Dieppe.

A partir de ce moment, et pour peu qu'on interroge les régistres de l'Hôtel-de-Ville, ceux du Parlement ou ceux du Chapitre, on rencontre une foule de renseignements qu'il suffit de grouper et de faire concorder entre eux pour voir tous les faits sur lesquels se tait

la relation, se dérouler et s'expliquer par le rapproche-
ment. Nous allons donc laisser parler eux-mêmes ces
documents, en bornant notre tâche à les enchaîner l'un a
l'autre et, au besoin, à les accompagner de courtes explications.

La première information précise est donnée par l'Amiral;
à la date du 12 décembre, il écrit aux Conseillers et habitants de Rouen pour les prévenir que le Roi se propose de
venir en cette ville, vers la fête des Rois, et que la Reine et
le Dauphin doivent l'accompagner; il engage donc la ville à
préparer les entrées de ces deux derniers. Le nom du lieu
d'où est datée cette lettre est en abrégé sur le registre; on
lit seulement *Tan*..... on suppose que c'est Tancarville.
Au reste, ce détail est peu important, l'Amiral changeant
souvent de résidence en ce moment. Quatre jours après
cette première lettre, il en écrivait une seconde dans le même
but et adressée aux mêmes Conseillers; celle-ci est datée de
Giverville, aux environs de Bernay.

Les registres municipaux vont nous renseigner sur les
déterminations qu'on prit, au sein du Conseil, en conséquence de cette communication, sur la nature et la valeur
des présents qu'on se proposait d'offrir à la Reine et au
Dauphin; et, à ce propos, il n'est pas inutile de faire remarquer que le choix du Phénix, pour pièce d'orfévrerie qu'on
devait offrir à la Reine, était motivé sur ce que cet oiseau
symbolique était l'emblème ou la devise de cette prin-

cesse (1). Aussi, parmi les spectacles dressés sur son passage, au moment de l'entrée, verrons-nous au portail des Libraires, le Phénix, uni à la Salamandre, jouer un rôle principal.

La question du costume de cérémonie que devront revêtir les conseillers et autres officiers de la ville, n'est pas oubliée dans ce compte-rendu ; on peut même dire qu'elle y occupe une large place. Aussi ne doit-on pas s'étonner qu'après être revenus plus d'une fois sur ce sujet et avoir statué qu'ils ne pourront reparaître, à l'entrée de la Reine, avec les mêmes costumes qu'ils auront déjà portés à l'entrée du Dauphin, les Conseillers se posent la grave question de savoir qui fera les frais de tout ce luxe de circonstance, et qu'ils décident que, *en considération aux grandes vacations. et travaux* qu'ils ont à supporter pour lesdites entrées, *le coust desdites robes devra être porté par la ville.*

Dans la seconde lettre de l'Amiral, on voit déja se formuler une partie du cérémonial qui présidera aux entrées ; ainsi, le Roi fera la sienne à peu près incognito ; « Pour ce qu'il a faict autrefois son entrée, ne sera besoing que d'aller audevant du dict seigneur ainsi qu'on a accoustumé. » L'usage, en effet, avait établi que chaque souverain ne faisait ordinairement qu'une entrée solennelle dans une

(1) *V.* Claude Paradin : *Devises héroïques*, Lyon, Jean de Tournes, 1557, in-8°, p. 89. La devise qu'Eléonore d'Autriche avait jointe à l'emblème du Phénix était : *Unica semper avis.*

ville de son royaume et que, chaque fois qu'il revenait dans
la même ville, son passage ne donnait plus lieu à aucune
cérémonie extraordinaire. L'histoire de François Ier, dans
ses rapports avec la ville de Rouen, nous fournit un double
exemple concluant du fait que nous avançons. Quinze ans
auparavant, en 1517, ce monarque avait fait son entrée
solennelle à Rouen, accompagné de sa première femme,
Claude de France, et la relation des fêtes, auxquelles avait
donné lieu cette réception, a fait en son temps l'objet d'une
rarissime publication 1 que la Société des Bibliophiles normands espère rééditer quelque jour. Plus tard, à une époque
très rapprochée de notre solennité, le 2 janvier 1530 (1531,
suivant la supputation actuelle), le Conseil de ville est informé que le roi est arrivé à Rouen la veille et « qu'il est de
« coutume en tel cas que les bourgeois, Conseillers et xxiiij,
« pour la communauté, aillent le saluer et congratuler, et
« qu'il fallait nommer et eslire aucun bon et notable per-
« sonnage pour porter les parolles pour ladite ville. » L'assemblée nomme maistre Guillaume Gombault, chanoine et
trésorier en l'église Notre-Dame de Rouen, « lequel sera

(1) « L'Entrée du très chrestien et très victorieux Roi de France,
Françoys premier de ce nom, faicte en sa bonne ville et cité de Rouen
le second iour d'aoust, en l'an de la rédemption humaine, mil cinq
cens dix-sept. » — Petit in-4° goth. de 6 feuillets. Au verso du dernier
on lit : « Imprimé à Rouen selon la vérité, par Louis Bouvet, lequel
a été auctorisé à ce faire par justice, etc. »

« prié et requis faire l'orayson et congratulation au roy,
« de la part de la ville, en la présence des xxiiij du Conseil
« de ladite ville. » En cette circonstance, la ville en est
quitte pour une simple harangue, car les registres municipaux ne mentionnent, à propos de cette visite royale, aucun autre détail que ceux que nous venons de rapporter...

Ces explications préliminaires épuisées, laissons main-
tenant parler les documents originaux.

15 *Décembre* 1531. — Assemblée des xxiiij du Conseil de la ville de
Rouen tenue par nous Robert Langloys lieutenant etc. le xv jour de
décembre mil vᶜ xxxj pour délibérer sur le contenu en certaines
lettres missives envoyez par Monsʳ l'Admiral à la dite ville, pour
avertir icelle des entrez en ceste dite ville de la Reyne et Monsʳ le
Daulphin desquelles lettres la teneur ensuit :

« Messʳˢ, le Roy m'a mandé qu'il délibère venir, environ la prochaine feste des Roys, à Rouen, et seront quant et luy la Reyne et
Monsʳ le Daulphin, dont je veuil bien vous donner advis pour l'estime
et vraye seureté que j'ay de vostre desir et grande affection de les
recepvoir en l'honneur qui leur appartient, à ce que vous dressiez et
prépariez les entrez à la dite dame et mon dit sʳ le Daulphin et vous
y employez de vostre debvoir et bonne coustume en bons et loyaulx
subjectz. Vous disant à Dieu Messʳˢ qui vous ayt en sa garde. Escript
u Tan.... le xijᵉ jour de décembre. Votre bien bon amy Brion. »

Et sur le dos : « A Messʳˢ les bourgeoys et consᵉˢ, manans et
habitans de la ville de Rouen. »

Lecture des dites lettres faicte a esté mys en déliberation quels dons
et présents seront faicts par la dicte ville à la dicte dame Reyne et à

Monseigneur le Daulphin, et par l'advis de la dicte assemblée a esté
advisé et délibéré que, de par ladicte ville, sera faict présent à la dicte
dame et à mon dict sr le Daulphin, de valleur de dix huit marcs d'or
pour la dicte dame, et douze marcs ou environ pour mon dit seignr le
Daulphin, en telle pièce d'ouvrage ou devises quil sera trouvé, soit pour
la Reyne ung Phenix, et pour mon dict seigr le Daulphin ung Faucon, ou
autre telle chose qu'il sera délibéré par les dicts conseillers modernes.

Item que Monsr le lieutenant, conseillers modernes et autres auront, chacun d'eulx, robbes de veloux tenné, et les autres officiers de
la dicte ville et quarteniers auront robbes de satin tenné, ainsy que à
l'entrée du Roy à present.

Ensuyt les noms des personnes présentes à la dicte assemblée :

   Maistre Jehan Mustel advocat du roy.
   Guille Auber   conseillers modernes.
   Jehan Dufour   id.
   Guille Cavelier   id.
   Jacques de Servaville   id.
   Guieuffroy le Prevost   id.
   Maistre Nicolle Gosselin procureur de la dicte ville.
   Maistre Pierre Le Gouppil.
   Maistre Jehan Deschamps.
   Maistre Guille Auber.
   Maistre Jacques Le Lyeur.
   Jehan Duhamel.
   Jacques Guérin.
   Robert Dumouchel.
   Pierre Moncandon.
   Maistre Jehan Le Tellier.

      (*Registres de l'Hôtel-de-Ville*, 1531.)

18 *Décembre* 1531. — Assemblée des xxiiij du Conseil de la dicte ville et autres bourgeoys de chacun quartier tenue en l'hostel commun d'icelle par nous Robert Langloys lieutenant, etc., le xviij^e jour de décembre v^e xxxj, pour délibérer des entrez de la Reyne notre souveraine dame Elyenor d'Austriche, de Monseigneur le Daulphin et de Monseigneur le reverend^{me} cardinal Chancelier, sur le contenu des lettres d'advertissement envoyez par Monseigneur l'admiral desquelles la teneur ensuit :

« Messrs, j'ay receu voz lettres par ce porteur, et auparavant, dès le xij de ce moys, je n'avois failly vous escripre et donner advis par un chevaucheur d'escurie que je vous despeschay exprez, comme le Roy faisoit compte d'estre à Rouen à la prochaine feste des Roys, à ce que vous regardissiez de vous mectre en vostre debvoir pour les entrées de la Reyne et de Monseigneur le Daulphin, selon l'estime et vraye seureté que j'ay de vos bons vouloir, désirs et affection. A cette cause je ne doute que, du jour du partement de ce dict porteur, le dict chevaucheur d'escurye sera arrivé à Rouen, et qu'il vous aura baillé mes lettres par lesquelles pourrez avoir le tout entendu. Et affin, Messrs, que soyez advertys par le mesme que les dites entrez se feront, je vous advise, Messrs, que Monseigneur le Daulphin viendra le premier, auquel vous debvez fère autant de réception et d'honneur que à la Reyne qui viendra par après. Quant au Roy, pour ce qu'il a faict autresfois son entrée, ne sera besoing que d'aller audevant du dict seigneur ainsi qu'on a accoustumé. Aussy Monsr le Légat y pourra arriver devant ou aprez tous. L'on luy a faict entrée ès aultres villes de ce royaulme et sera besoing luy fère le semblable. Et pour autant que j'ay vraye seureté que vous employrez en tout à votre debvoir je ne vous en feray autre exhortation, vous disant à Dieu, Messrs, qui vous ayt en sa garde. A Giverville, le xvj^e jour de décembre. Votre bon amy, Bryon. »

3

Et sur le dos : « A Messrs les bourgeoys, manans et habitans de la ville de Rouen. »

Lecture faite des dites lettres, et prins et retraict l'advis des gens de la dicte assemblée, a esté advisé et délibéré que la dernière délibération ; pour le faict des accoustrements de nous, conseillers et officiers de la dicte ville, c'est assavoir que les officiers du Roy, conseillers et procureurs ayront robbes de velours tenné, le reste des officiers et quarteniers de la dicte ville robbes de satin, pour le reste les gens de la communaulté seront vestus de damas ou de camelot selon leur puissance.

Item, a esté délibéré que entrée sera faicte à Monseigneur le Daulphin, au plus grand honneur que la ville pourra, à l'opportunité du temps et diversité des usaiges.

Sera aussi faict entrée à Monseigneur le Reverendme cardinal Chancelier ainsy qu'il a esté faict par cydevant.

Item, que les enffans des bonnes maisons de la ville seront mandez et excitez à eulx accoustrer à enffans d'honneur, ainsy quil a esté requis et accoustumé en pareil cas. Aprez leurs accordz sera délibéré, avec les gentilshommes qui seront requis de fère le semblable, en quels acoustrements ils iront à la dicte entrée, et de la matière et façons d'iceulx.

Ensuyt les noms des personnes présentes à ladicte assemblée :

(40 assistants.)

(Reg. de l'Hôtel-de-V.)

Du 7 Janvier 1531 (1532). — Assemblée des xxiiij du Conseil de la ville, tenue audict hostel commun par nous Robert Langloys lieutenant, etc. le vij jour de janvier vc xxxj, pour délibérer sur les articles qui ensuyvent :

Premièrement si on doibt fére présent à Messrs et Dames frères et seurs de Monseigneur le Daulphin.

Si on fera poille à Monsr le Reverendissime cardinal Chancelier. Si en lui doibt féré présent en don, et jusques à quelle somme.

Item, comme il sera advisé des habitz des enffans de la ville et par qui.

Item, si partye desdicts enffans yront audevant de Monseigneur le Daulphin

Item, en quels habitz la ville yra audevant de Monseigneur le Daulphin.

Eu et retraict l'advis des gens de ladicte assemblée, a esté délibéré que l'en debvra fére et tenir ung poille prest pour ledict seigneur reverendissime Cardinal, si on n'entend le voulloir du Roy estre au contraire, actendu que, ès villes où ledict seigneur cardinal chancelier a passé, il a eu et prins le poille, et ensi luy debvra estre faict présent et à Messeigrs les enffans frères et seurs de Monseigr le Daulphin.

Item, que aucuns enffans de ladite ville debveront aller audevant de mondict seigneur Daulphin, et en autre habit et différent de celluy de l'entrée de la Reyne.

Item, que l'on doibt rescripre aux gentilshommes que leur plaisir soit venir pardeçà pour adviser de leurs habits et acoustrement, mays en préallable, pour leur bailler soir, la Ville doibt escripre à Monseigr le bailly capitaine, que son plaisir soit soit s'y trouver et bailler heure à son appoinct.

Item, que les xxiiij du Conseil debveront estre acoustrez de satin tenné ainsi qu'il a esté dict.

(Suivent les noms : 17 assistants.)

(*Reg. de l'Hôtel-de-V.*)

21 *Janvier* 1531 (1532). — En l'assemblée des **xxiiij** tenue en l'hostel commun, nous Jehan d'Estouteville chevalier, bailly de Rouen, présent maistre Robert Langloys notre lieutenant, pour garder et délibérer en surplus quelles choses sont à fère pour les entrez de la Reyne, messeigneurs Daulphin et Reverendissime cardinal. Après l'oppinion recueillye des conseillers ordinaires, sur ce que voullions prendre l'advis de Jehan Leroux, sr de Lesprevier, ancien conseiller, Baucquemare a dit que, par cydevant, luy et les autres pensionnaires ses prédécesseurs et modernes avoient donné leurs advys et avoient leurs opinions esté prinses et recueillies premièrement et audevant des anciens conseillers, mesmes les précéder et préférer en incession. Parquoy requeroient leur possession estre gardée et de ces choses se rapportoient aux anciens registres de la ville. A esté dit au contraire, par maistre Jacques Le Lieur et autres anciens conseillers, que tousjours ilz avoient préféré en incession et conseil les pensionnaires et que l'ordre de se seoir, en lieu et place des assemblez, en faisoient suffisante probacion, et que lesdits pensionnaires estre à gaiges et prenans sallaires de leurs vacations et en cela moins favorables, et à moyns estimez aux actes de ladicte ville que les conseillers anciens, lesquels avoient porté les charges et exercices du Bureau sans sallaire, lesquels aussi vacoient aux affères de la ville, toutes fois estoient appelez sans aucun sallaire. Sur lequel différent avons ordonné que les registres anciens de ladicte ville seront apportez sur le Bureau mardy et iceulx veus par nous pour estre ordonné sur ledit différent qu'il appartiendra.

Cela faict, mys en deliberation particulièrement si, en l'entrée de la Reyne, on doibt fère gens de pied, ledit Le Lieur a protesté, pour luy et les autres anciens conseillers, que la réception de l'oppinion de Baucquemare, audevant des conseillers anciens, ne leur portast préjudice. Et aprez l'advis de tous les gens de ladite assemblée admis et

receu, a esté trouvé par la pluspart, que les délibérations cy devant
fêtes, pour les hahillements des conseillers modernes, xxiiij du Conseil
et officiers de ladite ville, de laquelle lecture a esté faicte, seront
exécutez, et au surplus sera très bon et honorable faire faire aucun
nombre de gens de pied par les mestiers, et à ceste fin mander les
gardes desdits mestiers pour à ce les inciter. Et à esté enjoinct et
commandé au greffier de la dite ville, pour l'advenir, non monstrer
les conclusions de la dite ville pour que icelles conclutes ne soient
derechef mises en délibération.

(Suivent les noms : 12 assistans.)

(*Reg. de l'Hôtel-de-V.*)

La prochaine arrivée du Roi et de la Cour ne causait pas
moins d'émotion au sein du Parlement que dans le corps
des magistrats municipaux. Dans les derniers jours de
décembre 1531, un échange de communications avait lieu
entre le Chancelier, le Roi lui-même et des députés du
Parlement qui étaient délégués vers eux.

Lundi 8 Janvier 1531 (1532). — M. Odart a commencé faire son
refert de ce qu'il avoit fait envers le Roy et Monsr le Légat au voyage
pour lequel il avoit esté envoyé.

M. Ragueneau, Mᵉ des requêtes, est arrivé....., et, en sa présence a esté fait lecture des lettres que ledit Odart a apportées tant
du Roy que de Monseigr le Légat.

Premièrement, celle du Roy :

« Nos chers amez et féaux les gens tenant nostre Cour de Parlement
à Rouen. On a envoyé un d'entr'eux par devers nous par lequel nous
ont fait entendre comme vous voulez tirer de leur prison un des

huissiers de ladite Court et connoistre les cas dont il est chargé, qui
seroit totalement contrevenir à leurs autorités, priviléges et libertés.
Et, pour ce que nous désirons singulièrement les entretenir en leurs
priviléges et vous pareillement, sans ce qu'aucunes chose se fasse au
préjudice et desadvantage des uns ni des autres, nous voulons et vous
mandons très expressément superceder et surseoir tous exploits et
procédures jusques à notre arrivée à Rouen *qui sera en bref*......
  Donné à Abbeville le dernier jour de Décembre 1531. *»*

(Reg. du Parlement.)

Sur cette communication, le Parlement prenait immédiatement la résolution suivante :

Aussitot que le Roy sera à *Dieppe*, il se présentera devers lui
un Président et *deux Conseillers*, pour lui parler des affaires de la
Court, et lui rendre les graces de par la Court de ce qu'il lui a
pleu venir visiter son pays de Normandie, lui disant que de sa dite
venue la Court estoit très joyeuse.

La Reine et les princes, en effet, venant d'Abbeville,
s'avançaient vers Dieppe où ils entrèrent le 13 janvier 1532.
Il subsiste un document authentique de cette entrée, dans un
petit volume d'une extrême rareté, qui fut imprimé cette occasion ; il est intitulé : « L'Entree de la Roynè et de monsieur
« le Dauphin de France en la bonne ville de Dieppe, faicte
« le treizieme jour de janvier avec grant triomphe des Sei-
« gneurs et Dames du pays. Item ung grant miracle qui fut
« fait devant Nostre Dame de Lorette, a Abbeville a sainct
« Vulfran durant que la Court y estoit, sur ung des ausmo-
« niers de la Royne. » (S. l. n. d., p. in-8° goth. de 4 ff.)

Peut-être la Société des Bibliophiles rencontrera-t-elle
quelque jour l'occasion de reproduire ce rare petit volume
qui formera naturellement le complément de celui que
nous publions. Mais cette étape du voyage de la Cour ne
doit pas nous arrêter; nous avons hâte d'abréger ces préliminaires en les restreignant aux faits essentiels. Dans
l'ordre successif de ces faits, se place d'abord l'entrée du
Chancelier à Rouen. L'amiral Chabot, en informant le
Corps de ville de l'arrivée prochaine de la Cour, l'avait
prévenu que le Chancelier, Légat du S. Père, arriverait
avant ou après les personnes royales, mais certainement
à part; que, dans les villes qu'il avait traversées, on lui
avait fait l'hommage d'une entrée spéciale, et qu'il était
convenable que la ville de Rouen lui rendît les mêmes
honneurs. Le Parlement, devant prendre part à la solennité de cette entrée, faisait de son côté ses dispositions,
ainsi que le Chapitre métropolitain. Les extraits suivants,
empruntés concurremment aux registres du Parlement, de
l'Hôtel-de-Ville et du Chapitre, vont nous renseigner sur
ces divers préparatifs et sur l'entrée même du Chancelier.

Mardi 23 Janvier 1531 (1532). — Par M. Ragueneau a esté dit
qu'estant dans la maison de l'évêque d'Avranches il avoit veu lettres
de l'arrivée de Mons' le Légat pour vendredi au soir.

Délibéré que la Court ira le recevoir en forme de Court, en robes
noires et longs chaperons.

(Reg. du Parlement.)

23 Janvier 1531 (1532).

Assemblée des xxiiij du Conseil de la ville de Rouen par Monsʳ le Bailly de Rouen , présent Maistre Robert Langloys son lieutenant général , le xxiij° jour de janvier vᶜ xxxj , en laquelle a esté délibéré et advisé, pour l'entrée de Monseigneur le réverendissime cardinal Chancelier de France , que xxiiij du Conseil et xij des principaulx bourgeoys de chacun quartier à ceste fin semons, yront audevant de luy ; que poille luy sera presenté en l'entrée de la ville, que mondit sʳ le Bailly présentera ladite communauté et fera le propos ce jour-d'huy, et demain en la maison de mondit Sʳ sera faict par monsʳ d'Escalles lieutenant de mondit sʳ le Bailly, et seront les rues tendues et tenues nectes de toutes immondices.

(Suivent les noms : 19 présents.)

· *Reg. de l'Hôtel-de-V.*)

26 Janvier 1531 (1532 . — Le xxvj° jour de janvier vᶜ xxxj, mon-seigneur le révérendissime légat Chancelier de France , archevesque de Sens, a fait son entrée en ceste ville de Rouen, audevant duqnel furent le clergé, monsʳ le Bailly de Rouen, son lieutenant général monsʳ Maistre Robert Langloys, les officiers du Roy, conseillers mo-dernes et anciens, pensionnaires, officiers , et aucuns des bourgeoys de ladicte ville, les présidents et aucuns conseillers de Parlement, les géneraulx, jusques au jardin monseigneur le Général de Normandie Maistre Guillᵉ Predhomme. Ledit Sʳ révérendissime Cardinal estant en ce lieu en une chaire, luy fut faict propos par chacune desdites com-paignies, c'est assavoir par Monseigneur le Bailly pour ladite ville, monseigneur le premier Président Maistre Francoys de Marcillac pour la Court, et pour la Court des Aydes par maistre Roger Gouel président en ladite Court. Après lesdits propos ledit Sʳ est entré par la porte Cauchoyse , où luy a esté presenté , de par ladite ville par

Robert Dumouchel, Robert le Prevost, Jacques Dufour et Pierre Moncandon, quarteniers de la dite ville, ung poelle de satin vermeil cramoysi à frenge de soie rouge et tringle de fil d'or. Et soubz ledit poelle, accompagné de Monseigneur le cardinal de Grantmont, monsʳ de Cleremont fils dudit sieur Legat, et autre compagnie de prélats, gentilshommes, officiers de la légation et chancellerye de France, est venu en l'église Notre Dame de Rouen où il a esté receu par les doyen et chanoynes de ladite église. Et le dimanche matin, xxviijᵉ jour dudit moys, autre oraison lui a esté faicte en sa chambre par monsʳ maistre Robert Langloys, lieutenant de monsʳ le Bailly, en son honneur et louenge, en le gratiffiant, tendant en fin qu'il ait les affaires de la ville de plus en plus recommandez. Et estoient présents les officiers du Roy conseillers modernes, anciens, et aucuns des pensionnaires de ladite ville.

(*Reg de l'Hôtel-de-V.*)

Samedi 20 Janvier. — Le Chapitre est informé que la nouvelle Reine (*Regina moderna*) et le Dauphin, fils ainé de France, gouverneur de Normandie, et en outre le Chancelier, cardinal du Sᵗ Siége apostolique, légat dans le royaume de France, doivent arriver prochainement à Rouen. Pour pourvoir à leur réception, on résout que l'on aura recours aux registres du Chapitre, et que l'on observera les mêmes cérémonies que celles que l'on observa, en l'an 1517, à la joyeuse entrée de la dernière Reine récemment défunte, et que, pour le seigneur Légat, on fera ce qu'on a fait, en l'an 1501, au mois de janvier, pour la réception de Georges d'Amboise, alors légat.   (*Reg. capitulaires.*)

Mercredi 24 Janvier. — On annonce que les évêques de Coutances et d'Avranches doivent arriver prochainement à Rouen.

(*Reg. capitulaires.*)

Jeudi 25 *Janvier* (1). — Ce jour, vers trois heures, arriva monté sur un cheval, jusqu'au grand portail de l'église, le très révérend seigneur Légat, chancelier de France, Antoine Duprat, revêtu d'un manteau de soie, accompagné du cardinal de Grandmont et d'une nombreuse compagnie d'archevêques, d'évêques, de seigneurs et d'honorables personnages, à la rencontre duquel s'avança processionnellement l'archevêque avec ses dignitaires, les chanoines, chapellains et habitués, revêtus de chapes précieuses, précédés de la croix, des chandeliers, et du bénédictionnaire, ainsi que du diacre et du soudiacre. Le Légat fut congratulé par M. le Reboursel, et s'en fut loger dans la maison canoniale de M. d'Esquetot.

(*Reg. capitulaires.*)

Vendredi 26 *Janvier*. — Le Chapitre fait présenter au Légat six gallons de vin et six pains.

(*Reg. capitulaires.*)

L'entrée solennelle du Chancelier à Rouen fournit l'occasion de remarquer quelques particularités. Ainsi, par exemple, il n'est pas sans intérêt de signaler le personnage dont il s'agit. Ce n'était pas seulement le premier magistrat

(1) Il existe ici, entre les registres capitulaires et ceux de l'Hôtel-de-Ville, une légère divergence : les premiers fixent l'entrée du Chancelier au 25 janvier, les derniers au 26, et les détails rapportés établissent suffisamment que toute la cérémonie s'est accomplie dans la même journée. C'est là une de ces difficultés de détail, résultant sans doute d'une erreur de copiste, qu'il serait oiseux de chercher à éclaircir, lorsqu'aucun intérêt majeur ne se rattache à cette particularité.

du royaume, c'était encore l'archevêque de Sens, cardinal et
légat à vie du Saint-Siége, en un mot, le fameux Antoine
Duprat, le ministre tout puissant. Il présentait, dans cette
circonstance, cette singularité : dans le cortége qui formait
sa suite, figurait son propre fils, Guillaume Duprat, évêque
de Clermont. Pour se rendre compte de cette anomalie, il
faut se rappeler qu'Antoine Duprat, qui avait rempli d'a-
bord les fonctions de Premier Président au Parlement de
Paris, étant marié à cette époque et père de deux fils, avait,
lors de son veuvage, embrassé l'état ecclésiastique et con-
quis rapidement les hautes dignités dont nous le voyons
en ce moment revêtu. Le Chancelier, avant de faire son entrée, s'arrêta d'abord dans le quartier Saint-Gervais ; on
lui avait ménagé une station dans le jardin alors célèbre (1)
d'un Général des Finances, appelé Guillaume Prudhomme,
lequel était situé en dehors des murailles. C'est là qu'il

(1) Le jardin du général Prudhomme est figuré avec des détails
circonstanciés dans le *Livre des Fontaines*; on voit qu'il s'y trouvait
une belle habitation en pierre, avec d'élégantes lucarnes sculptées,
et que l'entrée principale, placée à une des extrémités de l'enclos,
était signalée par une riche construction sur laquelle s'étalaient les
armes de France. De nombreux oiseaux rares en peuplaient le par-
terre, et une fontaine à vasques en occupait le milieu. La rue de
Crosne-Hors-Ville traverse aujourd'hui une partie de l'emplacement
du jardin, et la fontaine qui s'y trouve, appelée autrefois *Fontaine du
Prudhomme*, est un souvenir à peu près effacé de ce lieu de plai-
sance jadis renommé.

entendit les harangues qui lui furent débitées successivement, au nom des Conseillers de la ville, de la Cour du Parlement et de la Cour des Aides. Il fit ensuite son entrée à cheval, par la porte Cauchoise, où l'attendaient les quarteniers de la ville pour lui offrir le dais, sous lequel il s'avança, toujours à cheval, jusqu'à la cathédrale. C'est l'archevêque Georges d'Amboise, IIe du nom, qui le reçut, au grand portail, avec tous les honneurs dus à un si haut personnage.

L'arrivée du principal ministre annonçait que la Cour ne se ferait pas longtemps attendre, aussi les Conseillers se réunissent-ils une dernière fois pour arrêter les résolutions finales touchant leur costume :

28 *Janvier* 1531 (1532). — Du xxviij^e jour de janvier v^c xxxj, au bureau de ladite ville, devant nous Robert Langloys, ès présences de Maistre Jehan Mustel advocat du Roy, Jehan Dubost procureur dudit seig^r, Guill^e Auber, Jehan Dufour, Guill^e Cavelier, Jacques de Servaville, Geoffroy le Prevost, conseillers modernes, et Maistre Nicolle Gosselin, procureur de la dite ville.

A esté mis en délibération en quels habits nous les officiers du Roy, conseillers modernes et procureurs de la dite ville, debverons aller en l'entrée audevant de Monseigneur Daulphin, et est trouvé que debvions changer d'habitz, et en avoir autres que ceux de l'entrée de la Reyne ; sçavoir à quels despens sera faicte ladite mise.

L'advis retraict a esté délibéré que nous lesdits officiers, conseillers et procureur, debverons estre vestus de damas noir à la dite entrée de Monseigneur le Daulphin ; et, en considération aux grandes

vacations et travaulx que nous portons pour ladite entrée, que le
coust desdites robbes debvra estre porté par la ville.

(Reg. de l'Hôtel-de-Ville.)

Il serait assez difficile, pour ne pas dire impossible, de
déterminer avec exactitude l'itinéraire royal. Le 31 décembre 1531, le Roi était à Abbeville ; c'est de là qu'il écrivait au Parlement de Rouen. Le 13 janvier, la Reine et le
Dauphin faisaient leur entrée à Dieppe ; un opuscule que
nous avons cité le constate. Le 30 du même mois, de nou-
velles lettres du Roi adressées au Parlement, témoignent
que ce prince était au château de la Maïlleraye, sur la rive
gauche de la Seine, et il arrivait à Rouen le surlendemain,
quatre jours avant le Dauphin et six jours avant la Reine.
Au total, il avait fallu plus d'un mois à la Cour pour se
transporter d'Abbeville à Rouen.

Pour s'expliquer ces longs délais, ces détours capricieux,
il faut essayer de se représenter ce que c'était qu'une Cour
à cette époque et dans de pareilles circonstances ; apprécier, en énumérant les personnages, l'accumulation de
princes, de prélats, de seigneurs, de fonctionnaires de
toute classe, qui composait le cortége royal, et surtout
tenir compte de l'énorme multitude de serviteurs de tout
degré, qui portait l'encombrement à son comble. Pour aller
d'une ville à une autre, les châteaux échelonnés sur la
route devaient être les lieux d'étape, et l'invasion s'étendre
sur tout le voisinage jusqu'à des distances considérables.

Mais l'insuffisance des moyens de communication entre tous ces éléments dispersés, la difficulté extrême de faire agir et mouvoir avec quelque ensemble cette masse incohérente, devaient multiplier à l'infini les lenteurs et les causes de retard. Il n'est donc pas étonnant que cette Cour mît au moins dix jours pour aller d'Abbeville à Dieppe, et vingt jours pour venir de Dieppe à Rouen.

La lettre du Roi, adressée au Parlement, a trait à une particularité d'autant plus curieuse qu'elle devient, quelques jours plus tard, l'occasion d'un conflit de prérogatives entre le Roi et la Reine. Le monarque prescrit d'éloigner des prisons de Rouen certains accusés, de peur qu'en vertu du droit de joyeux avènement, le Dauphin ou la Reine ne leur fassent grâce.

Du Jeudi 1er *Février* 1531 (1532). — A été présenté lettres missives du Roy, dont la teneur ensuit :

« Nos amez et féaux, pour autant que de bref nostre très chère et très amée compagne la Reyne, et nostre très cher et très amé fils le Dauphin, Gouverneur et nostre heutenant général en nos pays et duché de Normandie, feront leur entrée en nostre ville et cité de Rouen, et que nous ne voulons ni n'entendons que, ès graces et rémissions qu'ils donneront, y soient comprins aucunement Jean Baffard, Robert Baffard son fils, Jean Gueroult et Francoise Desbois (demoiselle Desmenil) estant détenus prisonniers en nostre dite ville de Rouen. A ceste cause, nous vous mandons et expressément enjoignons que, incontinent, vous ayez à faire mener et conduire en quelque lieu de seureté, près de nostre dite ville de Rouen, ainsi que vous aviserez pour le mieux, tous les dessusdits, jusques à ce que nostre dicte compagne et fils aient faict leur dicte entrée en la dite ville, pour aprez les faire revenir. Si n'y voullez faire faulte car tel est nostre plaisir. Donné à la Mailleraye le 30e janvier 1531 (1532). »

Ce même jour (le jeudi 1er février 1532) le Roi arriva à Rouen. Nous sommes informés du jour et de l'instant précis de son arrivée par les Registres capitulaires qui consignent le lendemain cette mention ;

Vendredi 2 Février. — Ce jour, sur l'ordre du Roi, arrivé de la veille au soir dans la ville de Rouen, le Chapitre fait avancer de deux heures le service de la Cathédrale parce que, aussitôt après, le Roi devait faire célébrer sa messe, dans le chœur de l'église, et, à l'issue de la cérémonie, toucher les malades et les affligés d'écrouelles.

(*Reg. capitulaires* (1).

Le Dauphin suivait son père de près, car, ce même soir du vendredi, il prit sa résidence au château de Croisset, situé au pied de la colline de Canteleu, non loin de l'embouchure de la petite rivière de Bapaume; il y passa la journée du lendemain, l'entrée solennelle étant fixée au dimanche 4 février.

Le samedi, le Parlement arrêtait ses dernières dispositions pour assister à l'entrée du Dauphin :

(1) Les Registres capitulaires sont rédigés en latin; mais, pour la plus facile intelligence des extraits que nous y avons puisés, nous avons traduit ces passages en français.

Ce fait, est ordonné que demain l'on se trouvera céans, entre 12 et 1ʰ, pour du lieu partir et aller au devant de Monseigneur le Dauphin, et que l'on ira comme Cour, Président et Conseillers vestus en robe d'escarlate tenné...... Et iront ainsi jusqu'au lieu qu'ils pourront trouver Monseigneur le Dauphin, et après lui avoir fait la révérence s'en retourneront en l'état qu'ils sont allés.......

(Reg. du Parlement.)

Et le dimanche, 4ᵉ jour de février, Messieurs sont partis et allés en l'ordre que dessus et aussi revenus.

(Reg. du Parlement.)

Le rédacteur des délibérations de l'Hôtel-de-Ville, qui nous a conservé la précieuse relation imprimée que notre publication a pour objet de remettre en lumière, s'est contenté de l'insertion de cette pièce dans le volume, comme d'un procès-verbal suffisant, pour tout ce qui concerne les deux entrées du Dauphin et de la Reine, aussi le Registre est-il dépourvu de tout autre détail ; mais les Registres du Parlement et ceux du Chapitre ont encore quelques particularités intéressantes à nous révéler, et nous continuons d'y puiser.

Le Dauphin, en partant de Croisset, le dimanche 4 février, pour faire son entrée ce jour même, dans l'après-midi, dut traverser la Seine pour se rendre au prieuré de Grandmont qui était le point de départ du cortége ; il y prit un repas, et, à sa sortie, lorsque le cortége se mit en marche, on sonna en volée la cloche Georges d'Amboise,

témoignage d'allégresse; ordinairement réservé pour ces
royales solennités.

L'usage s'établissait alors de faire les entrées en traversant la Seine sur le pont de l'impératrice Mathilde, et en
entrant dans la ville par la porte Grand-Pont, tandis qu'au
moyen-âge, c'était ordinairement par la porte Martainville,
et en suivant la rue du même nom qu'était préparé l'itinéraire royal.

Ce jour, vers trois heures de l'après-midi, le Dauphin, accompagné
de ses deux jeunes frères, fait son entrée dans la ville, au milieu
d'une pompe triomphale extraordinaire et d'un grand concours de
princes, de grands et de seigneurs, en traversant le pont de Rouen ;
il vient à la cathédrale, à l'entrée de laquelle il est reçu avec des
témoignages de grande joie par le révérendissime archevêque revêtu
de ses ornements pontificaux, assisté de tout le clergé de l'église, en
chapes précieuses. L'archevêque le congratule de son heureuse
arrivée, comme gouverneur de Normandie.

(*Reg. capitulaires.*)

Après les actions de grâces rendues, le Dauphin est
conduit au manoir archiépiscopal.

Cette station n'était sans doute qu'un repos menagé au
Dauphin, et un oeccasion de le réunir à son père qu'on ne
voit nulle part figurer dans la cérémonie de cette entrée, et
qui résidait à l'archeveché ; car le Dauphin, après tout le
parcours accompli, fut conduit à l'abbaye de S'. Ouen où
son logement était préparé.

5

On doit s'attendre que, au milieu de l'affluence énorme qu'attirait une pareille solennité, la difficulté de faire mouvoir un si nombreux cortége au milieu de rues étroites et tortueuses, devait entraîner bien du désordre et du tumulte. On retrouve la trace de ces inévitables inconvénients, dans les plaintes que fait entendre le lendemain le Parlement et sur lesquelles la ville promet *de donner meilleur ordre.*

Du Lundi 5e *jour de Février* 1531 (1532). — Mr l'Advocat Bigot a dit qu'au jour d'hier y eut grand désordre à l'entrée de Monseigneur le Dauphin, et sembloit que ledit désordre procédoit des gens que l'on avoit commis pour estre avec la Cour et la garder de presse.

Messieurs de la Ville et le Lieutenant général pour ce mandés, et à eux remonstré que les gens par eux baillés estoient gens mal vestus qui faisoient eux mêmes la confusion et désordre, ont promis donner meilleur ordre.

A été dit que demain (mardi 6 février), l'on s'assemblera.

(*Reg. du Parlement.*)

Le lendemain était, en effet, le jour fixé pour l'entrée de la Reine. Cette princesse était venue coucher la veille au prieuré du Pré dit de *Bonne-Nouvelle*; elle devait donc, dans son entrée, suivre le même itinéraire que le Dauphin deux jours auparavant. Le Parlement, qui craignait le retour des désordres dont il s'était plaint, prend des informations auprès des magistrats municipaux, et arrête son ordre de marche en conséquence. On induit facilement de

ces détails, ce qu'on savait déjà par une foule d'exemples
analogues, c'est que le Parlement, marchant ainsi, en
corps et en cérémonie, était tout entier, quoique en robes,
à cheval, ou au moins sur des mules.

Du Mardi 6ᵉ jour de Février 1531 (1532). — A esté envoyé Morlon
en l'Hostel commun de la Ville pour savoir à quelle heure ils sont dé-
libérés de partir et jusqu'où il faudroit aller.

Lequel a rapporté qu'incontinent après dix heures ils partiroient,
et a rapporté, en une feuille de papier, l'ordre advisé en la dite
Ville.

Et pour ce que la Cour estoit en ordre, audevant des enfants d'honneur de la ville, ont été mandés les Conseillers de la Ville lesquels
ont dit que l'on s'étoit conformé à ce qui avoit esté fait aux dernières
entrées.

Eux retirés, a été délibéré le mieux estre que la Cour aille audit
ordre, estant devant les enfants de la ville, de peur de l'oppression
qu'ils pourroient avoir des chevaux, et que la Cour ira en l'ordre
qu'elle fut à l'entrée de Monseigneur le Dauphin ; réservé que Messieurs les Présidents auront leurs mortiers et le greffier son épitoge ;
que les quatre présidents seulement descendront, pour monter, au
montoir du lieu où sera la Reine, et le greffier avec eux.

Et s'en reviendra la Cour en l'ordre qu'elle sera allée, jusques
devant le portail des Libraires, et de là chacun pourra descendre et
aller où bon lui semblera.

(*Reg. du Parlement.*)

L'itinéraire de l'entrée de la Reine ne fut modifié en
cette circonstance qu'en ce qu'il eut pour terme le palais

archiépiscopal, où cette princesse rejoignit le Roi qui occupait cette splendide demeure.

Les Registres capitulaires nous ont conservé le souvenir
d'une particularité assez singulière qui témoigne que ce
monarque n'aimait pas que son sommeil fût troublé par le
bruit des cloches.

Jeudi 8 Février. — Rapport ayant été fait par l'Horoscope de la
cathédrale — c'était un officier du Chapitre, qui avait charge d'indiquer
les heures du service canonial, de faire sonner les cloches, etc — qu'il
lui avait été enjoint, de la part du Roi, de ne pas faire sonner les
cloches, pour quelque motif que ce fût, avant neuf heures du matin,
tant que le séjour du monarque dans la ville se prolongerait, parce
qu'il était logé avec la Reine au manoir archiépiscopal, l'Horoscope
n'avait, pour cette raison, osé faire sonner les matines de ce jour; sur
quoi, après en avoir délibéré, les chanoines arrêtèrent que chaque
jour les matines commenceraient à six heures précises, au son du
gros horloge de cette ville.
                                              (*Reg. capitulaires.*)

Cette interdiction de sonner les cloches de la cathédrale
aux heures matinales de la journée se prolongea jusqu'au
17 février. Au moins on peut l'induire de cette résolution
prise par le Chapitre et inscrite à cette date dans les Registres capitulaires, de faire sonner les matines à cinq
heures précises du matin. Cependant on trouve encore des
traces du séjour du Roi à Rouen, même après cette dernière époque, et les mêmes Registres paraissent prouver

que ce monarque ne quitta pas la ville avant le commen-cement de mars. Mais, avant son départ, nous avons encore quelques particularités curieuses à noter.

Nous avons vu, au commencement de ces extraits, le Roi enjoindre, par commandement exprès, au Parlement, d'éloigner de la ville certains accusés, pour qu'ils ne puissent pas profiter de la clémence de la Reine. Nous allons voir cette princesse se plaindre qu'on ait ainsi mis obstacle à l'exercice de son privilége souverain.

Le Vendredi 9 jour de Février 1531 (1532). — Est venu M^r des Ursins, M^e d'hostel du Roy, lequel a dit qu'il est envoyé de par la Reine, comme advertie que l'on avoit transporté aucuns personnages pour les priver et rendre incapables *d'avoir le privilege de l'entrée de la Reine.*

Lui a esté dit que l'on n'en avoit transporté aucun si non par le commandement exprès du Roy lequel, à celle fin, auroit envoyé, par devers la Cour, en exprès, l'un des gentilshommes de sa maison.

A dit qu'il en feroit rapport à la Reine.

Et lui a été dit, par M. le premier Président, que la Cour ne vouloit frustrer ne diminuer les droits de la Reine, ains les croistre et augmenter.

(Reg. du Parlement.)

Voici un autre incident caractéristique : le Chapitre fait preuve d'indépendance et montre qu'il sait, au besoin, résister à un désir royal ; nous supposons que la transaction à laquelle on le sollicite de consentir resta sans effet.

Mardi 13 *Février*. — Le Roi envoie au Chapitre l'évêque de Lisieux pour lui demander de consentir à ce que l'archevêque de Rouen donne en emphytéose, à M. le Bourgeois, médecin du Roi, l'hotel archiépiscopal de l'archevêque de Rouen à Paris. Il donnera en échange 100 livres de revenu annuel assis auprès de la ville de Rouen. Les chanoines déclarent qu'ils veulent être agréables au Roi, mais que l'affaire est délicate et qu'ils ne sont pas en nombre. Ils demandent un délai jusqu'au jeudi suivant; l'évêque insiste; les chanoines persistent dans leur avis.

(*Reg. capitulaires.*)

Le dernier incident relatif au séjour de la Cour à Rouen se rapporte au Parlement, et ce sont les Registres de cette assemblée qui nous en ont transmis le souvenir. Il s'agit d'une visite que, le 19 février, le Roi allait, disait-on, faire au Palais; mais, d'un autre côté, on annonçait que le Dauphin se préparait à y venir aussi. L'annonce de cette double visite simultanée jetait la Compagnie dans un embarras extraordinaire. Comment placer ces deux personnages? quels honneurs rendrait-on au fils en présence du père? On faisait en vain appel aux précédents. Jamais pareil cas ne s'était présenté. On consulta le Légat, lequel se trouva lui-même fort embarrassé. Mais bientôt on apprit que le Roi ne viendrait peut-être que le lendemain. Aussitôt on dépêcha un exprès vers le Dauphin et ses frères, pour les prier de venir ce jour même, et la Cour décida que, bien qu'il ne fût pas jour d'audience, elle ouvrirait ses portes. Pendant ce temps on délibérait sur les questions de préséance, et il'y avait de grands débats. Mais, sur ces entrefaites, arrivèrent le Dauphin et ses frères les ducs d'Orléans et d'Angoulême; on les plaça non sans peine après de longs pourparlers; et une grande discussion se continua même en la présence des princes.

Plus de dix pages in-f° sont remplies de ces détails d'intérieur qui n'ont rien de commun avec l'entrée que nous éditons.

Les extraits que nous venons de rassembler et de grouper sont à peu près les seuls, contenus dans les mémoriaux du temps, concernant cette visite de la Cour à Rouen. On ne trouve pas même, dans les Registres, l'indication du jour de son départ, ni celle de la direction qu'elle dut prendre. On rencontre encore des traces du séjour du Roi, à Rouen, jusqu'à la fin de février. Mais, dans les derniers jours de mars, on reçoit, à l'Hôtel-de-Ville, des lettres du Roi datées d'Argentan, et, on apprend d'ailleurs que, à cette époque, le grand Conseil était à Caen : d'où l'on peut induire que la Cour, en quittant Rouen, avait pris la direction de la Basse-Normandie.

Les lettres du Roi, venues d'Argentan, sont le complément de ces fêtes brillantes à l'aide desquelles les habitants de Rouen venaient de protester de leur dévoûment. Le Roi, en partant, frappe la ville d'une lourde imposition au profit d'un favori, du Bailli de Rouen, sous la

direction et l'autorité duquel avait été organisée cette manifestation dispendieuse. Nous ne pouvions clore la série
de nos extraits par une pièce plus instructive et plus caractéristique.

« Assemblée générale tenue en l'hostel commun de la ville de
Rouen, par Robert Langloys, lieutenant etc. *le vᵉ jour d'avril
après Pasques Vᶜᶜ xxxij*, en laquelle remonstré comme le Roy, par
sa déclaration, a donné, à M. le Bailly de Rouen, *cinq mille livres
tournois* que la ville lui devoit ponr prest, comme prins par décharge
de Monsʳ le grand Sénéchal deffunct, lors de la prinse du Roy, du
nombre des deniers dudict seigʳ, pour fère les réparations de la dicte
ville, jouxte la dicte déclaration du Roy, quictance du recepveur
Osmont, et certification des conseillers, dont lecture a esté faicte, ensemble d'aucunes lettres du Roy et de Monseigneur l'Admiral faisan
mention du dict don, dont la teneur ensuit :

           « De par le Roy,

   « Très chers et bien amez, nous avons faict don à nostre bien amé
et féal gentilhomme de notre chambre, le sieur de Villebon, Bailly de
Rouen, de la somme de cinq mille livres tournoys par vous à nous
piéça deue, pour les causes et ainsy que pourrez veoir par les lettres
du dict don que sur ce en avons faict expédier audict sʳ de Villebon,
suyvant lesquelles nous vous mandons et enjoignons expressement luy
satisfaire et payer incontinent la dicte somme en vous fournissant de
vos recongnoissances et obligations et de la quictance de Jacques
Osmont lors recepveur des deniers communs de la ville de Rouen,
ensemble de nos dites lettres de don cy atachez, que vous prendrez
et retiendrez pour vous servir d'acquict et descharge. Sy ny veuillez
fère faulte, car tel est notre plaisir. *Donne à Argentan, le xxixᵉ jour*

de mars l'an mil V^c xxxj avant Pasques (1). Ainsy signé François.
— Breton. Et audessous est escript : A mes très chers et bien amez
les Conseillers, manans et habitans de notre bonne ville de Rouen. »

Lettre de l'Admiral,

« Messrs le Roy a faict don, à Monsr le Bailly de Rouen, de la partye
contenue en l'acquit qui luy a faict despescher, et pour ce que je scay
l'intention dudict Sr estre telle que ledict don ayt lieu, et que je desire
de ma part mondict sr le Bailly en estre satisfaict incontinent, pour
estre de mes bons amys comme il est, j'ay bien voulu vous en escripre,
vous pryant fère en cest endroict pour luy comme voudriez fère pour
moy mesme, et vous ne me ferez moins de plaisir. Pryant Dieu,
Messrs, qu'il vous donne ce que desirez. A Argenten, le pénultième
jour de mars. Votre bon amy Bryon. Et audessus est escript : A
MM^{rs} les Conseillers de la ville de Rouen. »

Ces choses mises en délibération, scavoir qu'il est à faire, a esté
trouvé, par l'oppinion de l'assemblée, que l'on debvoit, suyvant le

(1) On peut remarquer ici un exemple concluant du changement de
millésime au jour de Pâques. La lettre du Roi est datée d'Argentan,
le 29 mars 1531, *avant Pâques*; et cette lettre, reçue à Rouen quelques
jours après, est lue dans l'assemblée des habitants, le 5 avril 1532,
après Pâques, ajoute le registre. Dans le court intervalle de temps
qui sépare ces deux dates, le jour de Pâques, qui tombait cette
année le 31 mars, avait eu lieu, et le millésime avait changé. On peut
donc se convaincre que c'était bien en 1532, suivant notre manière
actuelle de désigner les années, que les fêtes de l'Entrée, accomplies
au mois de février précédent, s'étaient passées. L'usage de commencer
l'année au 1er janvier, prescrit par un édit de Charles IX, de 1563, ne
fut adopté par le Parlement de Paris qu'en 1567.

voulloir du Roy, contenu en ladicte déclaration, payer ladicte somme
de cinq mille livres tournoys à Monsr le Bailly, et, pour autant qu'il
n'y avôit deniers, et qu'il estoit deu grosses parties pour le fait de
l'entrée de la Reyne, luy requerir temps de payer ladite somme ès
termes à venir.

(82 assistans.)

(*Reg. de l'Hôtel-de-Ville.*)

Notre tâche demeurerait incomplète à nos yeux, si, aux
éclaircissements que nous avons cherché à réunir sur les
faits historiques qui forment la base de la Relation suivante, nous n'ajoutions pas, comme complément indispensable, quelques notions positives sur les personnages
qui y sont désignés. Presque toujours ces personnages sont
imparfaitement indiqués par un nom, un titre ou une fonc-
tion, lesquels, à cause de la permanence souvent hérédi-
taire des mêmes désignations, ne présentent à l'esprit que
des idées vagues et indéterminées.

Nous allons successivement dénommer ces différentes
individualités, en les désignant par le nom ou le titre que
leur donne la Relation, et nous compléterons cette énoncia-
tion par quelques détails biographiques.

LA REYNE. Nous l'avons déjà dit: c'était Eléonore dite
d'Autriche, sœur aînée de l'empereur Charles-Quint, reine
douairière de Portugal, par son premier mariage avec le

roi Emmanuel, remariée au roi François I; veuf de la
reine Claude; couronnée reine de France à Saint-Denis, le
5 mars 1531, un an à peu près avant son voyage à Rouen;
morte en 1558, sans postérité.

LE DAULPHIN. François de France, dauphin de Viennois,
fils aîné de François I et de la reine Claude, né le 28 février
1517. Ce jeune prince avait été retenu en otage en Espagne,
ainsi que le duc d'Orléans, son frère, depuis la libération
de leur père, au mois de mars 1526, jusqu'au 1er juillet
1530. A son passage par Rouen, il était âgé d'environ qua-
torze ans. Il mourut, au château de Tournon, au mois
d'août 1536, du poison qu'on supposa que son échanson
Sébastien de Montécuculli, ferrarois, lui fit prendre, pendant une partie de paume. Son titre de Dauphin passa à
son frère.

LE DUC D'ORLÉANS. Henri de France, deuxième fils de
François I et de la reine Claude, né en 1518; il porta
d'abord le titre de duc d'Orléans, et, après la mort de son
frère aîné, celui de Dauphin; il succéda à François I, en
1546, sous le nom de Henri II.

LE DUC D'ANGOULESME. Charles de France, duc d'Angoulème, etc., troisième fils de François I et de la reine Claude,
né le 22 janvier 1522. Mort sans alliance le 9 septembre
1545.

MADAME MAGDALENE, AINSNÉE FILLE DE FRANCE. Née le 10
août 1520; elle épousa, en 1536, Jacques V, roi d'Ecosse et

mourut en 1537. Quoique notre Relation la qualifie d'*aînée fille de France*, elle n'était cependant que la troisième des filles de François I et de la reine Claude, mais les deux aînées étaient mortes bien avant le voyage à Rouen. La dernière fille, Marguerite, née en 1523, ne figure pas dans notre Relation; elle était probablement trop jeune pour être du voyage.

LE ROY DE NAVARRE. Henri II d'Albret, gouverneur et amiral de Guyenne, roi de Navarre depuis 1517; mort en 1555.

LA REYNE DE NAVARRE. Marguerite, fille de Charles, comte d'Angoulème, veuve de Charles, duc d'Alençon.

MADAME ISABEAU DE NAVARRE. Sœur de Henri II d'Albret.

MONSIEUR DALBANIE. Le duc d'Albany, fils du frère de Jacques III, roi d'Ecosse, fut régent d'Ecosse, pendant la minorité de Jacques V; il était né en France, y avait presque toujours résidé, et, n'ayant pu parvenir à se faire obéir des nobles écossais, pendant sa régence, il revint en France et ne la quitta plus.

LE DUC DE VENDOSME. Charles, né en 1489, créé duc de Vendôme par François I en 1515, mort en 1537.

MADAME DE VENDOSME. Françoise, fille de Réné duc d'Alençon, morte en 1550.

MADAMOISELLE DE VENDOSME. L'une des nombreuses

filles du duc de Vendôme qui en eut six; sans doute l'une des deux aînées, celle qui épousa, en 1538, François de Nevers; elle avait seize ans en 1532.

Le Comte de Sainct Paoul. François, comte de S. Pol, né en 1491.

Le Comte de Guyse. Claude, fils de Réné II, duc de Lorraine, né en 1496, créé duc de Guise et pair de France en 1527, mari d'Antoinette de Bourbon; il fut la souche de la célèbre maison de Guise.

M. l'Admiral de France. Il a été souvent question de lui dans ces Préliminaires: c'était Philippe Chabot, Sr de Brion, gouverneur de Bourgogne, de Coucy et de Normandie; amiral de France en 1525; mort en juin 1543.

Madame l'Admiralle: Francoise de Longwy, dame de Pagny et de Mirebeau.

Le Grand Maistre de France. Anne de Montmorency, le célèbre connétable; de 1525 à 1567.

Madame la Grand Maistresse. Madeleine de Savoye.

Le Grand Ecuyer. Jacques de Genouillac, dit Galiot, sénéchal d'Armagnac et gouverneur d'Auvergne.

Le Bailly de Rouen. Jehan d'Estouteville, seigneur de Villebon, la Gastine, premier écuyer et chambellan du Roi; 1522-1570.

Le Vicomte de Rouen. Le sire de Lindetuyt, 1526-1542.

LE PREMIER PRÉSIDENT DE LA COUR DE PARLEMENT. François de Marcillac, baron de Courseulles; précédemment premier président à la cour des Aides de Paris, ambassadeur pour le roi à Gênes; mort en 1543.

LE PRÉSIDENT AUX GÉNÉRAULX.

MONSIEUR DE LA MARCHE LE JEUNE, conduisant les Cent-Suisses du Roi.

LE CARDINAL DE BOURBON. Louis de Bourbon, cardinal de Vendôme, évêque de Laon, 1517-1552.

LE CARDINAL DE GRASMONT. Gabriel de Grammont, créé cardinal en 1530; négociateur de la délivrance de François I.

MONSEIGNEUR L'ARCHEVÊQUE DE ROUEN. Georges d'Amboise II, 1511-1550.

L'EVÊQUE DE CLERMONT. Guillaume Duprat, fils du chancelier Duprat.

L'EVÊQUE DE LISIEUX. Jean Le Veneur de Tillières, 1505-1539.

L'EVÊQUE DE NOYON. Jean III de Hangest, 1525-1577.

L'EVÊQUE DE LANGRES. Claude de Longwy, cardinal de Givry, pair de France, 1530-1561.

L'EVÊQUE D'EVREUX. Ambroise Le Veneur de Tillières, 1511-1531, et plus tard comme administrateur du diocèse pour son neveu Gabriel Le Veneur.

L'EVÊQUE DE BEAUVAIS. Charles de Villiers de l'Isle-Adam, pair de France, 1530-1535.

L'Evêque de Mascon. Charles Hémart Denonville, cardinal, 1531-1538.

L'Evêque de Rhodez. Georges d'Armagnac, 1529-1560.

L'Evêque de Coustances. Philippe de Cossé-Brissac, 1530-1548.

L'Evêque d'Avranches. Jean de Langeac, 1526-1532.

Les quatre Ordres mendiennes. Ces religieux marchaient ordinairement en tête du cortége des solennités de ce genre. C'étaient les Cordeliers, les Jacobins, les Carmes et les Augustins.

En terminant ces Préliminaires, qu'il nous soit permis d'exprimer un témoignage d'affectueuse reconnaissance à l'égard de M Ch. de Beaurepaire, archiviste départemental, et de M. Gosselin, greffier archiviste à la Cour impériale, pour les obligeantes communications qu'ils nous ont faites, avec ce dévouement empressé qui donne tant de prix aux services de ce genre.

Les écussons du commencement et de la fin de l'opuscule des
Entrées ont été reproduits en très exact fac-simile, d'après l'original,
par M. Louis de Merval, à l'inépuisable obligeance de qui la Société
des Bibliophiles normands est déjà redevable de tant d'œuvres
exquises, tant en taille-douce qu'en taille de relief. L'écusson du
titre présente les armoiries réunies du Roi et de la Reine. Nous
avions d'abord l'intention d'interpréter en détail cet écusson sur-
chargé de pièces, mais nous avons reconnu que, soit par l'ignorance,
soit par l'inexactitude du graveur primitif, il renfermait de nombreuses altérations. Nous préférons donc renvoyer à l'ouvrage du
P. Anselme (I. 132), où l'on trouve cet écusson décrit exactement
dans tous ses détails, et nous contenter de dire qu'il contient à la
fois les armoiries de *France*, de *Castille et Léon*, d'*Aragon*,
d'*Aragon-Sicile*, de *Grenade*, d'*Autriche*, de *Bourgogne ancien*,
de *Bourgogne moderne*, de *Brabant*, de *Flandres* et de *Tyrol*.

ℭ Les étrees de la reyne

et de monseigneur daulphin / lieutenant ge=
neral du roy : et gouuerneur en ce pays de Nor=
mandie. Faictes a Rouen / en lan mil cinq cents
trente et ung.

ℭ Cum priuilegio.

E samedy tiers iour de feurier ledict seignr daulphin coucha en la maison du seigneur de croisset prez ladicte ville : accompaigne de messeigneurs les ducz Dorleans et Dangoulesme ses freres auec grand nombre de seignrs et officiers de leur maison.

ET le dimenche iour ensuiuant vinst disner au prieure de Grantmont lez ladicte ville : ou allerent au deuant dudict seigneur depuis douze iusques a deux heures / plusieurs grandes et notables compaignies de gens de differentz estatz de ladicte ville.

¶Et premierement en bien grand nombre et bon ordre les religieux des quatre ordres mendiennes de ladicte ville.
¶Aprez le clerge des eglises paroissiaulx : conduictz par le doyen la chrestiente. Et suiuoient les religieux de labbaye de sainct Ouen et de sainct Lo et la Magdalene.

APrez marchoit le train de la maison et communaulte de la ville / en lordre qui ensuit.
¶Premierement les vingtquatre mesureurs de grain a cheual : tous vestus de chamarres de camelot tane.
¶Et aprez les. xxiiii. courtiers de vins a cheual : vestz de satin violet.
¶Aprez suiuoient les cinquante arbalestriers de ladicte ville : acoustrez de leurs hocquetons argentez aux armaries de ladicte ville a cheual / portantz chacun vne iaueline de barde :

conductz et menez par le lieutenant particulier du bailly de Rouen. Le vicôte dudict lieu et son lieutenant general. Et suiuoient en bon ordre les .xl. sergens royaulx du baillage et vicôte de Rouen tous a cheval / acoustrez de chamarres de satin ayâtz une manche a la lensquenete des couleurs de mondict seignr daulphin.

℃ Et aprez marchoit monseignr de Villebon bailly et cappitaine de lad. ville : accôpaigne de son lieutenant general : aduocat et procureur du roy. Les six côseilllers et gouuerneurs de ladicte ville tous vestus de robbes de damas noir. Ensemble les anciens conseillers / officiers et grand nôbre des autres bourgeois de ladicte ville : tous a cheual et en bon ordre.

℃ a bien pou dinternalle marchoient a pied deuant la court des aides : les cômissaires et porters de sel habillez de leurs couleurs. Les questeurs de vin / clercs siegers a cheual vestus de chamarres de satin de leurs couleurs. Les huissiers de ladicte court vestus en longue robbe descarlate brune. Le président en longue robbe de velour noir. Messieurs les generaulx des finances de Normandie et Bourgongne. Les quatre generaulx de la iustice des aides et côseillers aduocat et procureur du roy en icelle court vestus descarlate rouge / accôpaignez des eslus / grenetiers et controlleurs des guerniers a sel de ladicte generalite / aduocatz et procureurs communs de ladicte court.

℃ aprez estoient en bonne et grande grauite la court de parlement leurs huissiers deuât eulx vestus descarlate brune. Les greffiers ciuil et criminel. Messieurs les quatre presidentz et conseillers dicelle court. Les aduocatz et procureur du roy : tous vestus descarlate rouge ainsi quil est acoustume. Suiuis des aduocatz et procureurs communs de ladicte court.

¶ Aprez marchoient en bon ordre de guerre six centz hōmes de pied / auec hacquebutiers vestꝰ des couleurs dud. seigūr daulphin : menez par leurs cappitaines acoustrez moult richement des couleurs dudict seigneur.

Cest assauoir de chaulses et pourpoinctz de velour violet toꝰ pourphilez dor. Et colletz de velour gris aussi pourphilez dor / couppez taillez et bouffez de taffetas blanc : auec leurs porte enseignes et sergens de bende. Suivis par les enfans de la ville a cheval : auec caparācons et acoustrementz moult riches desdictes coulers : brodez et pourphilez dargent.

Outes lesquelles cōpaignies en bien grande reuerēce rencōtrerent led. seigūr a la sortie dud. prieure on luy furent faictz plusieurs elegās ꝓpos par messieurs les ꝑmier ꝑsidēt de la court de parlemēt / ꝑsident aux generaulx / mōd. sr le bailly et lun des cappitaines desd. six cētz hōmes de pied. Lesꝗlz furēt ouys et receus bien gracieusement par led. seigūr. Et ce faict retournerēt toutes lesd. cōpaignies en leur ordre en lad. ville.

Uis apres marcha mondict seigneur Daulphin / monte sur ung courcier moult richement acoustre : vestu de satin cramoisy fort enrichi de brode et pourphileures dor. Et precedoit une fort grand cōpaignie de grans seigneurs et gentilz hommes. Les trōpetes haubois et heraulx darmes de Frāce. La bende des suisses de la garde du roy a pied.

❡ Les pages dhōneur dud. seignr sur grans cheuaulx moult richement acoustrez. Messieurs ladmiral de France lieute; nant general dodict seigneur oud. gouuernemēt. Et grand maistre de France en riches acoustremens. Le grand escuyer du dict seigneur monte sur vng courcier / portāt nne espee de triūphe. Messieurs les reuerēdissimes cardinaulx de bour; bon et grasmont au deuant dud. seignr. Auql fut presente a lentree de lad. ville / vng poille varie de draps dor et dargent / es couleurs dudict seigneur : brodez / pourphilez et enrichis de frēges moult riches. Ledict poille porte par les quatre quarteniers de ladicte ville : vestus de robbes de satin tane / doubles de velour. Et pendant ce tēps sonnerent grand nōbre de grosses pièces dartillerie de la part de ladicte ville. Auec lappareil de tout le nauire estant sur le port de lad ville : qui semblablement firent leur debuoir de tirer de leurs bordz / grand nombre de ladicte artillerie.

E T incontinent aprez luy / suiuoient ledict sei; gnr messeignrs les ducz Dorleans et Dangoulesme ses freres : mōtez et acoustrez en pareil acoustre; ment que ledict seigneur / que suiuoient leurs gouuerneurs et plusieurs autres grandz seigneurs / tant de lestat ecclesia; stique que seculier. Ensemble les archers des gardes du roy et du dict seigneur. Et a la porte du pont hors ladicte ville / estoit larmarie de la ville / portee par deux anges : en laquelle laigneau estant au parmy (qui est larmarie de ladicte ville)

se humilioit / et faisoit la reuerēce audict seigneur. Ou estoit
escript ce qui ensuit.

Ecce tibi innocuis blanditur saltibus agnus
Seq̓z suumq̓z offert grato pro munere vellus.

¶ Le doulx aigneau / representant la ville
A ta ioyeuse et agreable entree
Se resiouyst / en se rendaut sernille
A ton vouloir / par grace a luy monstree.

ET au bout dudict pont dedens ladicte ville / estoit
drece vng theatre : enquel estoit plante vng grand
verger / garny de plusieurs arbres portātz differētz
fruictz / seme de toutes fleurs / speciallemēt dun grand lis
au meilleu / soubz lequel y auoit vng siege prepare audict
seigneur. Et en cedict verger vne dame / fort richement acou⸗
stree : accompaignee de deux damoiselles. Et ledict seigneur
de quatre pages es couleurs dudict seignr̄ daulphin / qui en⸗
troit eudict verger : et se reposoit en ce siege soubz ce lis. Et
estoit escript en la plate bende dudict theatre.

Veniat dilectus meus in ortum suum. Can. v°.

Et en deux tableaux ce qui ensuit.

Ingredere hunc ortum princeps generose virentem
Ecce tuis oculis candēntia lilia vernant.

℄ Prince d'honneur / puis quil vous plaist transmettre
En ce verger / ou amour vous conduict :
Toutes les fleurs et les fruitz quil produict
Soffrent a vous / comme a vous doibvent estre.

Et en procedant plus oultre iusques deuant leglise
nostre dame : il trouua vng autre theatre / enquel
estoient plusieurs bergers chantantz et dansantz
plaisamment / ou il y auoit vng grand berger iouāt de sa
muse / au son de laquelle lesdictz pasteurs dansoient. Et en
dansant / vne bergere presentoit audict seigneur vng petit
aigneau / en bien humble et grande reuerence : lequel ledict
seigneur receuoit agreablement. Et estoit escript a la plate
bende dudict theatre.

Dilectus michi et ego illi. Canti. ii°.

Et en deur tableaur au deur costez dudict theatre.

Securus lepido lasciuit carmine pastor
Uilq̄z suis ouibus formidat adesse sinistri.

℄ Tous les aigneaulr du parc de Uormandie
Et leurs pasteurs / en soulas et repos
Soubz ton pouoir tendront ioyeur propos :
Sans que danger en riens les contredie.

Et dela entra ledict seigneur dedens leglise nostre
dame : auquel lieu il fut receu par mōseignr lar-
cheuesque de Uouen / les doyen et chapitre de lad.

eglise : ou il luy fut presente le texte de leuāgile par ledit
archeuesque ainsi q̄l est acoustume. Et marcha ledit seigneur
iusqs deuant le grand autel de lad. eglise : euq̄l lieu il fist
son oraison. Laquelle durāt fut chante Tedeum. en ladicte
eglise : les cloches et orgues sonnantes. Puis monta a cheual
et fut cōduit soubz ledict poille insques a son logis : qui luy
estoit p̄pare en la maison abbatial de sainct Ouen : en semblable ordre que dessus. Et faict a noter q̄ toutes les rues et
passages ou led. seigneur marcha estoient tres richement tendues de tapisseries de differentes sortes. Et depuis le pont
iusques a ladicte eglise n̄re dame / estoient tendus a ciel de
balustres : grandz chappeaulx de triumphe : ou estoient les
armaries du roy : dudict seigneur et de ladicte ville.

ET le lundy cinquieme dudict moys la reine vinst
coucher au prieure du pre dict bonnes nouuelles lez
Rouen / euquel lieu elle seiourna iusques au lendemain mardy sixieme dudict moys.

¶ Que enuiron lheure de vnze a douze heures elle vinst
dudict lieu de bonnes nouuelles en vng theatre qui luy auoit
este richement prepare au dessus de la maison du conuent
des amurees : euquel lieu elle vist passer les compaignies qui
ensuiuent. Cest assauoir les quatre ordres mendiennes de
ladicte ville. Le clerge des eglises parroissianlx en habit ec-
clesiastique / croix et bannieres conduitz et menez par ledict
doyen de la chrestiente comme dict est. Ensemble les reli-

gieur de labbaye et prieurez de sainct Ouen. sainct Lo et la Magdalene de Rouen.

APres marchoit le train de la maison et communaulte de ladicte ville. Les vingtquatre mesureurs de grain a cheual / vestus côme dessus. Auecques les vingt quatre courtiers de vins a cheual de satin vyolet comme dessus. Que suiuoient les cinquante arbalestriers de ladicte ville en leurs hocquetons et armoy que dict est conduictz et menez par le lieutenant particulier du bailly de Rouen / vestu dune robbe de satin noir. Le vicôte dudict lieu fort richement acoustre / que acompaignoit son lieutenant general vestu de robbe de satin.

¶ Et suiuoient les quarâte sergens de ladicte ville en chamarres de satin noir / lune de leurs manches des couleurs de ladicte dame : troussee a la lansqnete. Auec les enquestenrs dicelle ville en robbes de damas noir.

APrez lesqlz marchoit le lieutenant general du bailly de Rouen Les aduocat et procureur du roy aud. bailliage. Les six conseillers gouuerneurs et procureur de lad. ville / tous vestus de velour tenne. Les anciens conseillers et officiers de ladicte ville de satin tenne. Et grand nombre des bourgeois et citoyens de ladicte ville en robbes de damas tenne : tous a cheual en bien bon ordre. Et pou aprez marchoient deuant la court des aydes les commissaires et porteurs de sel habillez des coulleurs de lad. dame. Les questeurs de vin et clercs siegers a cheual vestus de chamarres de satin es couleurs de ladicte dame. Les huissiers

b

de ladicte court en longue robe descarlate brune. Le greffier
de ladicte court marchoit deuant en robbe descarlate rouge.
Le president en longue robbe de velour noir. Messieurs
les generaulx des finaces de Normadie et Bourgogne. Les
quatre generaulx de la iustice des aides. Les coseillers aduocat
et pcureur du roy en icelle court en robbes descarlate rouge
acopaignez des esleux / grenetierz et contrerolleurs des guer/
niers a sel de lad. generalité des aduocatz et pcureurs comus
de lad. court.

ET aprez estoient en bon ordre et grauite la court de
parlemet leurs huissiers deuant en robbes descar/
late brune. Le premier desdictz huissiers en robbe
rouge et bonnet de drap dor fourre. Les greffier ciuil en epi/
thoge / et le greffier criminel en robbes rouges. Messieurs
les quatre presidetz tous habillez de leurs manteaulx et mor/
tiers de velour. Ensemble tous les coscillers aduocatz et
procureur du roy de ladicte court en robbes rouges : que
accompaignoiet les aduocatz et procureurs comuns en ladicte
court come dict est. One prochainement suiuoient la bende
des enfans de la ville iusques au nobre de cinquante ou en/
niron / sur chenaulx caparanconnez : dont lesdictz caparan/
cons et acoustremetz de chenaulx estoient pourphilez et brodez
auec houppes des couleurs de lad. dame. Les acoustrementz
desdictz enfans estoient chamarres de satin des couleurs di/
celle dame rehaulcez de brodeures de fin or et pourphileures
fort riches fort emplumacez en leurs testes et de leurs chenaulx
de plumes desdictes couleurs. Et estoient si richement acou/
strez que plus ne pourroit on estimer. Ladicte bende coduicte

par monsieur de Villebon bailly et cappitaine de Rouen / en semblable acoustrement que lesdictz enfans. Lequel aprez auoir faict la reuerèce et presenté lesdictz enfans de ville a cheual : sortirent par derriere de dedens le conuent des am/ murees par la rue de bonnes nouuelles.

Remierement une côpaignie de hacquebutiers auec leur enseigne / tous vestus de velour et satin noir : faisantz leur deuoir de tirer selon leur qualité. Suiuantz aprez une compaignie de pionniers iusques au nombre de trente vestus de hocquetôs iaulnes bonnetz blancz a chacun une plume : portãtz pelle et piquois pour subuenir a la route q̃ ensuit.

Premierement.

Onze hommes portantz buccines tournez a la forme antique sonnantz et ayantz acoustrementz et banes rolles des couleurs de ladicte dame et chappeaulx doliuier en leur teste.

¶ Ung homme a cheual : acoustré des couleurs de la dicte dame dont le champ estoit de noir et portant une enseigne en laquelle estoit figuree la teste de Argus. Et le reste de lens seigne seme de yeulx.

¶ Honneur a cheual : portant ung sceptre couronné et ung chappeau de laurier en sa teste.

¶ Triumphe a cheval : ayant une cotte darmes dessus son harnois / portant une branche doliuier en sa main : et en sa teste sur ung armet une couronne de laurier.

Renommee : portant aelles / montee sur une hacquenee / vne būccinne en sa main : et son habit seme de langues.

Heseus / domiteur des monstres portāt une rondelle ou estoit figuree Mynotaure / conduisant six grandz serpentz mouuantz / teste / yeux / aelles et queue : qui trainoient vng chariot de triumphe enrichy de grosses moullures et frizes antiques : audessus estoit une chaire de triumphe fort riche / en laquelle estoit assis Mercure / acoustre en la maniere qui ensuit. En sa teste ung casbasset dor et dargēt emplumace et ayant aelles en la teste / tenant son caducee en sa main / ayāt aelles aux bras et aux piedz. Lequel posa deuāt lestablie ou estoit ladicte dame. Et a laquelle dist ce qui ensuit / aprez luy auoir faict la reuerence.

Mercure suis tresillustre princesse
Qui par les dieux vous viens faire assauoir :
Quilz ont transmis deuers vostre noblesse
Deux de leurs seurs. Cest Richesse et Scauoir /
Pour vous offrir en faisant leur debuoir
Toutz les effectz du liberal donneur.
Ou vertu regne est prudence et honneur.

E dict chariot tout enrichy dor et dargent fin / conduict par six hommes acoustrez des couleurs de ladicte dame / dont le champ estoit noir. Et aprez ledict chariot estoit Hercules gallicus couuert dune peau de leon / sur son espaulle une massue : ayant vng arc turquois et sa trousse.

¶ Autres sir personnages representantz differētz estatz : portātz en la main branche doliuier. Aprez ung conducteur acoustre des couleurs de ladicte dame dont le chap estoit noir. Et ce estoit por la comitive du pmier chariot.

¶ Ensuit lordre du second chariot.

Quatre hommes portantz trompetes dorees : ayantz banerolles acoustremētz de ladicte dame : couronnez doliuier.

¶ Ung homme a cheual acoustre des couleurs de ladicte dame : portant ung enseigne on estoit figure ung grand ceptre couronne. Et le reste seme de couronnes et de ceptres.

¶ Hebe : portant vne couppe dor acompaignee de quatre damoiselles sur hacquenees.

¶ Lucina : portāt ung huchet. vn berseau darget. vue trousse. vng arc turquois et vne lune sur sa teste. Acompaignee de quatre damoiselles.

Vris a pied : ayant aelles aux couldes et aux poings / portant ung arc des couleurs de larc du ciel qui menoit sir paons / lesqlz trainoient vng autre chariot tout dore de fiu or faict a poinctes : enrichy de cudelampes. moulures. arcz boutantz. retours et frizes : le tout a lantique. Sur lequel estoit une chaire / amortie de tabernacles triūphantz a lantique. En laquelle estoit assise la deesse Inno / portant en la main ung ceptre et en la teste vne couronne. Qui dist a lad. dame aprez la reuerence a elle faicte / ce qui ensuit.

¶ Ie suis Iuno (Soubz qui tiennent puissance
Princes et roys.) que les dieux ont transmise
Vers vous madame : affin destre submise
En tout honneur / a vostre obeissance.

¶ Et autour dudict chariot estoient huict hommes a pied :
portantz chacun une hallebarde : acoustrez des couleurs de
ladicte dame. Et six autres hommes semblablement acoustrez dont le champ estoit iaulne.
¶ Et apres ledict chariot estoit la deesse Opis : ayant une
couronne de feu en sa teste : vng coeur pendu au col : et
son habit seme de fleurs. Accompaignee de deux damoiselles
portantz chappeaulx de fleurs.
¶ Le dieu Plutus : son habit seme de bourses.
¶ Tantallus : portant vne branche de pommier et les
pommes dor.
¶ Marcus crassus : portant une cuiller dor a fondre.
¶ Pigmalyon : portant ung rameau a feuilles dor.
¶ Midas : ayant oreilles dasne. Tous a cheual.
¶ Et aprez vng conducteur acoustre des couleurs de
ladicte dame / dont le champ estoit iaulne.

¶ Ensuit lordre du troisieme chariot.

Quatre buccinateurs portātz / buccines dargēt
tournees a lantique : acoustrez auec bancrolles
des couleurs de ladicte dame : dont le champ
estoit blanc : couronnez de branches doliuier.
¶ Ung homme a cheual : portant vng enseigne des cou-

leurs de ladicte dame dont le champ estoit blanc : ou estoit pourtraict la teste de **Meduse**. Et le reste seme de couleuures.

⁌ Trois gorgones a pied : portant pour cheveulr force couleuures.

⁌ Perseus a cheual Le cheual portant aelles en la teste. Luy en sa teste vng armet fort emplumace : ayant vng bouglier de cristal. Et ayant vne cotte darmes semee de lames dor.

⁌ Athlas.a pied portant sur quatre colonnes le globe du ciel.

⁌ Aragne. sur vne hacquenee portant vng mestier de tixture.

⁌ Palynurus / portant vng quadram pour congnoistre la haulteur du polle et les heures de la nuict.

⁌ Phydias / portant limage de **Pallas**.

⁌ Apelles / tenant vng tableau ou estoit leffigie de **Venus**.

⁌ Gordins / portant vne charue et les trectz.

⁌ Anarimander / portant vng orloge.

⁌ Tholomee / portant vng astralabe.

⁌ Tiphis / portant vng nauire et vng esquierre.

⁌ Diligence / habiliee en courrier et son habit seme de esperons. Le tout a cheual.

⁌ Apollõ a pied / portant vne harpe vng arc turquois et sa trousse. Et vng soleil a sa teste. Qui menoit et conduisoit les neuf muses qui tiroient le chariot de **Pallas** / dont la premiere estoit.

⁌ Clyo / portant vng liure hystorie.

⁌ Melpomene / portant vng roussinol auec vng liure de chant.

¶ Terpsicore. portant vnes orgues.
¶ Euterpe / portant vne buccine.
¶ Polyhimnia / vng lucz.
¶ Uranya / vne sphere.
¶ Talya. vng iardin.
¶ Erato / vne violle et vng compas.
¶ Calyope / vng tableau alphabet.

E chariot de Pallas estoit tout dargent fin : tout enrichi de moullures antiques : aux restours force ballustres. Sur lequel estoit vne chaire de triumphe enrichie de tabernacles a lantique / ou estoit assise la deesse Pallas : ayāt en sa teste vng armet dore : sur lequel estoit vng hybou. Tenant vne palme et vne couleuure en ses mains. Et dist deuant ladicte dame ce qui ensuit.

¶ Tous les tresors de scauoir / sont onuers
En moy Pallas / par le vouloir des dieux :
Dont ie vous fais present en ces bas lieux
Affin que en vous soient tousiours recouuers.

Uis aprez estoient six hommes a pied / acoustrez des couleurs de ladicte dame dont le champ estoit blanc.
¶ Huyt hommes destude portans chacun vng liure.

Es sept sages de grece tous a cheual : ayās au fronteau de la teste de leurs cheuaulx vng tableau dor a lantique ou estoit escript a chacun son dict

¶ Pytacus.	Tempora nosce.
¶ Periander.	Labor omnia vincit improbus.
¶ Solon.	Respice sinem.
¶ Chilo.	Nosce te.
¶ Tales.	Fortissimum necessitas.
¶ Byas.	Omnia mea mecum.
¶ Cleobolus.	Optimus modus.

¶ Le conducteur acoustre des couleurs de ladicte dame: dont le champ estoit blanc.

¶ Toute ladicte compaignie acoustree de riches acoustre/ mens fort brodez tāt de toilles dor q̄ dargēt fort bien mōtez et leurs chenaulx et hacquenees tous ayans housses et caparā/ cons selon la qualite des personnages.

¶ Suiuis par sir centz hommes de pied / vestus des couleurs de ladicte dame : conduictz par leurs cappitaines plus riche/ ment acoustrez q̄ dessus Cest assauoir de grans colletz de velour noir : et chausses couuertes de pourphileures dargent tous tailladez et renouez de feretz dor / et panassez si bien q̄ mieulx neussent sceu estre. Auec leurs porte enseignes et sergens de bende en moult belle ordre.

Toutes lesquelles compaignies en bel ordre pas/ serēt au deuant de ladicte dame estāt au theatre deuant declare. Auquel lieu par chacune des/ dictes compaignies / luy furent fais plusieurs propos es presences de messeigneurs messieurs le Dauphin ducz Dor/ leans et Dangoulesme enfans de france. De messieurs les reuerendissimes legat chancelier de france cardinaulx de

c

bourbon et grasmont en la cōpaignie de plusieurs princes et grand seigneurs comme le roy de nauarre. Le duc de uendosme cōtes de sainct paoul/de guyse et autres. Messieurs les grand maistre / et admiral de france auec grand nombre dautres seigneurs barons cheualiers gentilz hommes escuyers et officiers de ladicte dame. A tous lesquelz propos a elle fais mondict seigneur le legat fist responces tres-elegantes et gracieuses.

¶ Lesquelles choses accomplies / en grand ordre sen retournerent lesdictes compaignies et bendes iusques a ladicte ville.

APrez lesquelles compaignies marchoit ung grand courcier de crouppe / tout housse de drap dor iusques a terre : et vng page dhonneur dessus acoustre de drap dor sēblable de la housse du cheual. Que suiuoit la lictiere de ladicte dame / que portoient deux mulletz semblablement acoustrez de drap dor. Et les pages vestus et la lictiere couuerte de drap dor frize en champ blanc. Et aprez marchoiēt en grand nombre et triumphe les gens du train de ladicte dame.

¶ Et premierement gros nombre de grandz seigneurs et gentilz hōmes fort honnestement montez et acoustrez : en nōbre de bien cinq ou six centz.

¶ Aprez estoient grand nombre de prelatz / que suiuoient sept euesques portantz rocquet. Cest assavoir messieurs de Lisieux. Noyon. Langres. Eureux. Beauvais. Mascon. Rodes. et Constances.

¶ Et aprez les ambassadeurs du pape. Lempereur. Angleterre. Venise. et Ferrare.

¶ Aprez suiuoient les roys darmes et herault3 / les trõpetes et haubois en grand nõbre / que suiuoiẽt les cent suisses du roy a pied : q̃ menoit mõsieur de la marche le ieune / mõte et richement acoustre sur ung fort ioly iennet.

¶ Et aprez marchoient monseigneur le grand maistre et monseigneur ladmiral fort richement acoustre3. Messieurs les reuerendissimes legat / chancelier de Frãce. Cardinal de Bourbon et cardinal de Grasmont.

Ｔ aprez estoient messeigneurs les duc3 Dorleans et Dangoulesme. Que suiuoit peu aprez monseigneur le Daulphin / fort richement vestus de satin cra͛moisy couuert de brouderie / et monte3 sur cheuaulx fort triumphant3 / et adertre.tenant3 et ayant3 si bõne grace q̃ tout le peuple en estoit fort esiouy. Et autour deulx estoiẽt plusieurs lacquet3 acoustre3 des couleurs de chacun de mes͛ dicts seigneurs.

Ｔ aprez marchoit la reyne : montee sur une hac͛quenee blanche fort triumphammẽt acoustree de drap dor frize sur champ blanc / et acoustree en la maniere qui ensuit.

¶ Une tocque de velour noir / et une coiffe de fin or / couuerte de grosses perles et de pierrerie ou pendoiẽt plusieurs grosses escharboucles. Vestue dune robbe de drap dargent fort es͛ leue / fourree dhermines : les manches fendues et refermees de gros rubis. Et au deuãt y auoit une fort grãde aymeraulde et plusieurs grand3 diamant3. Auec ung chainct de grosses perles et pierrerie dessus une cotte de satin cramoisy toute

brodeé et quentillee. Et nest possible de scauoir estimer
ny croirre la richesse quelle auoit en ses acoustremētz. Et
autour delle plusieurs escuyers acoustrez de velour noir a
pied. Et huict lacquetz vestus de drap dargent.

¶ Et a lētree de ladicte ville luy fut psente vng poille fort
riche de drap dargent traict frize et tout esleue : porte par
quatre des cōseillers de lad. ville.

¶ Et aprez ledict poille suiuoient dix huict dames : montees
sur dix huict hacquenees toutes houssees de drap dor.

¶ Et premierement madame Magdalene ainsnee fille de
France : vestue de drap dor frize : fort richement acoustree de
pierrerie : conduicte par le roy de Nauarre estant au coste delle.

¶ La reine de Nauarre : conduicte par monsieur de Vendosme.

¶ Madame Isabeau de Nauarre : conduicte par monsieur
Dalbanie.

¶ Madame de Vendosme par monsieur de Enyse.

¶ Mademoiselle de Vendosme.

¶ Madame la grand maistresse.

¶ Madame ladmiralle. Et autres dames francoyses. Et
sept des damoiselles espaignolles de ladicte dame / en la-
coustrement du pays : vestues de velour cramoisy. Et croyez
quil faisoit fort bon veoir lesdictes dames et damoiselles
ainsi richement acoustrez quilz estoient.

Aprez suiuoient trois grandz chariotz dont tout la-
coustremēt estoit de drap dor. Et les charetiers
q̃ les conduisoient estoient fort richement acoustrez des couleurs de ladicte dame : dedens lesquelz chariotz

y auoit fort gros nombre de belles dames et damoiselles fort
richement aconstrees. Et aprez suiuoient les archers de la
garde du roy a cheual en fort gros nombre. Et autre train
de gens de la court en grand nombre tous a cheual.

¶ Et quand vinst a lentree de ladicte ville / trouua ladicte
dame le theatre de larmarie de la ville : dont cy dessus est
faicte mention.

ET au bout dn pont dedens ladicte ville estoit dresse
vng autre theatre : onquel estoit figuree la ville
Dathenes / de laquelle deux cytadins osterent une
fonteine. An lieu de laquelle trois dames planterent vng
olinier tout verd en signe de paix. Et estoit escript en deur
tableaur aur rostez dudict theatre ce qui ensuit.

    Urbs belli pacisqz potens ad menia pulchra
    Palladis innupte speciosam admittit oliuam

    ¶ Comme Minerue en Athenes planta
    Lolynier verd en signe de concorde
    Ceste cyte vng aussi verd planta
    En ta venue expellante discorde.

¶ Et plus auant denant leglise nostre dame estoit vng
autre theatre. En la plate bende duquel estoit escript.

    ¶ Gloria honoris et opus fortitudinis.

¶ Au dedens duquel estoit pourtraict le temple de Janus
ouuert. Et du coste dextre dudict theatre venoit vng grand

coq couronne. Et du senestre vng aigle a deux testes entre
lesquelz se venoit preseter vng grand serpent sortant dune
cauerne obscure qui gardoit et empeschoit que les deur
oyseaulx ne se peussent assembler. Puis suruenoit une belle
dame fort richement acoustree portant en sa main vng lyen
dor quelle gectoit au col dudict serpent. Lequel elle tyroit
dedens ledict temple de Janus qͣlle fermoit aprez luy. Et par
aprez se assembloient le coq et laigle battans des aelles en
signe de ioye. Et estoit escript en deur tableaur ce q̄ ensuit.

　　　Hec ea que nostros dignatur visere muros
　　　Comprimit iratum ferrata ad vincla draconem.

　　　❡ Le temple ouuert de Janus iay reclos
　　　Ou le serpent plein de sedition
　　　Jay enferme. Et en protection
　　　Le coq et laigle en vnion enclos.

❡ Plus oultre estoit au carfourg de la croche vng autre
spectacle dresse sur la plate bende duquel estoit escript.

　　　Tu superegressa es universas. Prouer. vlt.

❡ Et au dedens diceluy estoit vne dame en riches acoustre⸗
mens et contenance de princesse assise en une chaire moult
riche que quatre filles esleuoient fort hault et y auoit escript.

　　　Diuitias et opes multis cumulantibus olim
　　　Tu super egrediens cunctas post terga relinquis.

¶ Quoy que plusieurs dames ayent assemble
Loz bruict et nom grans tresors et richesse
Nulle iamais a toy na resemble
Ains a passe toutes / noble princesse.

ET sur le pont de robec cõtre la maison de la iuytte
fust esleve ung autre theatre au dedens duquel estoit
plante ung arbre fort hault duquel descendoit ung
phenix. Et au hault dudict theatre estoit ung cherubin qui
descendoit dune nue. Laquelle se ouuroit et venoit ledict che¬
rubin allumer ung feu dedens lequel ledict phenix se venoit
brusler et consumer et des cendres diceluy sen reformoit ung
autre qui demouroit dedens le feu auec vne salamandre. Et
estoit escript es deur costez dudict theatre ce qui ensuit.

Dum sese renouat phenix comburitur igne
Sz tactis illesa manet salamandra fauillis.

¶ Ardant amour au feu de charite
Le phenix brusle. Et de lui pareil vient.
La salemandre en son integrite
Dedens le feu son essence retient.

OUltre prez de leglise au portail des libraires estoit
dresse ung autre theatre en forme de pauillõ soubz
leql estoit leue ung trosne de sept degrez fort riches¬
mẽt dore et acoustre : euql estoit assis une dame fort richemẽt
acoustree. Ledict pauillon clos q̃ deur dames ouuroiẽt. Cest

assauoir iustice et paix. Et estoit escript en la plate bende
dudict theatre ce q̃ ensuit.

Justicia et pax firmabunt thronum tuum.

Et aux deux costez diceluy en deux tableaux

Oscula blanda simul pax atq̃ astrea ferentes
Perpetuo firmant mansuram ad secula sedem.

En sœur repos nous vivrons soubz la tente
La ou iustice et paix ont esleve
Ton trosne hault / Cest du peuple latente
Dont tout leur cueur en ioye est releue.

ET de la entra ladicte dame dedens ladicte eglise
n̄re dame en laq̃lle elle fut receue p̃ mōs' larcheuesq̃
de rouen les doyen et chappitre de ladicte eglise
ou illuy fut pñte le texte de leuāgile par ledict archeuesq̃ ainsi
q̃l est acoutusme q̃ luy fist le .ppos et receptiō aconstumez.
Et marcha ladicte dame deuāt le grād autel ou elle fist son
oraison. Laq̃lle durāt fut chāte Tedeum. en ladicte eglise les
cloches et orgues sōnātes. Puis sen alla au lōgis archiepis
copal ou estoit ppare son logis. Et fait anoter q̃ toutes les rues
et passages pāt ou ladicte dame passa estoiēt tres richemēt
tēdues de tapisseries de differentes sortes. Et depuis le pont
iusques a ladicte eglise n̄re dame estoiēt tendus a ciel de ba
lustre et grans chappeaulx de triumphe ou estoiēt les arma
ries du roy / de ladicte dame et de la ville.

℧ Imprimé a Rouen selō la verite pour Raulin Gaultier. Leql a este auctorise a ce faire par Justice et deffendu a tous autres icelle Imprimer sans lauctorite de Justice sur peine damē de arbitraire iusque a Pasques.